U0024344

編織
人間情

楊秀嬌・著

印度市集的新鮮蔬果。

青稞田旁準備牧牛、羊的孩子。

札什倫布寺內一群天真無邪的孩童。

布達拉宮。

終年不化的雪山下，供觀光客騎乘的犛牛。

山頭上覆著皚皚白雪的富士山。

／推薦序／

　　楊秀嬌老師出身桃園縣龍潭鄉高平村，與我同屬龍潭山水孕育出來的寫作者，雖然彼此素昧平生，不過當魏新林主任陪著她前來寒舍，要我為她的著作寫序時，我一口答應了。

　　原以為這不過是一位中年婦女的婆婆媽媽經，待我仔細翻讀，卻被它深深吸引了。可喜的是中文系畢業的楊老師，行文不賣弄辭藻，也不求華麗，平實的敘述中，處處見珠璣。

　　在這本集子裡，作者寫旅遊所見、所聞、所思。無論寫風景名勝或旅遊情懷，寫名川大山或路邊小店，由於作者觀察細緻，寫景記事，情境交融，使人讀後幽然神往，不同於一般旅者的走馬看花，作者總比他人多一份關照。

　　在這本集子裡，作者也談健康養生，美味的麻油香菇湯、客家艾粄及麻糬，令人垂涎；她還提倡清淡的飲食、簡單的生活方式和豐沛的生命關懷，作為自我健康管理的三大目標哩！

　　尤其欣賞書中多篇描寫人間情愛的文章，作者寫來真切而不做作。當我讀完安排雙親旅遊的〈遊富士山一圓雙親旅遊夢〉及為解婆婆思念的〈抓住婆婆的胃〉，心中不禁讚嘆：真是一位貼心女兒、貼心媳婦啊！作者寫夫妻情，平凡卻有味，溫馨卻不肉麻；而記錄孩子成長的幾篇，猶如一幅幅的親子圖，現代媽媽照顧貝比的歡喜與辛苦，全然流露字裡行間；另

外寫師生情的,有對良師的感恩,更多的是對特殊學生的關愛和鼓勵。

　　散文就像一面鏡子,反映作者的個性、修養或想法。散文寫的是「真我」,因為「真」,才能感動他人。楊老師在這本集子中,融入了真感覺、真感情,我想,這本書的主題或許可以濃縮為兩句話……「自愛愛人,樂觀進取」,這八個字,說是作者的寫照,也很貼切吧!這樣一位健康快樂的作者,她的努力,可為年輕朋友的榜樣;她的文章,更值得向大家推介了。

　　期盼楊老師的創作,一如本書的書名《編織人間情》一樣,不斷的以筆為鉤針,以靈感為絲線,編織一篇篇動人的文章。

馮輝岳

/自序/

　　小時候，曾經夢想著未來有那麼一天可以出書，如今夢想真的實現了，雖然是經過了漫長的歲月才完成，不過還是分外喜悅。

　　穿越時光隧道，想著從小到大求學的階段，遇到過各式各樣的老師，然而最讓我懷念的是國中時期的老師。其中，最要感謝的恩師有郭玉梅老師、魏新林主任，兩位老師在我的國中階段有著舉足輕重的地位，深深影響了我。

　　郭玉梅老師是國一的導師，她可以說是帶領我進入文學殿堂的啟蒙師。小學階段的我，除了教科書，似乎沒有接觸過課外書籍，一來沒有那樣的環境，二來沒有人指引，因此，那段童年的歲月，我生活在知識的荒園裡。國一那年，所幸郭老師讓我體會了閱讀與寫作真正的樂趣，她以送書做為獎勵，讓我荒蕪的心田獲得耕耘與澆灌，我開始自動自發大量閱讀，而當時的閱讀並不為什麼目的，就是「愛讀」。另外，我每天寫日記，三百六十五天從不間斷，而老師也不厭其煩地為我批閱。那年暑假我的處女作登上了國語日報，除了肯定自己可以寫文章之外，更讓中學時期的我有了自信。

　　另一個在文學上影響我的老師是魏新林主任。從唸國中至今，老師就時常借書、送書給我，更常常讚美我寫一手好字，

又鼓勵我文筆好要常寫文章。其實，我心裡很清楚，自己並沒有老師說得那麼完美，可是，老師的話像是有某種魔力一般，對我說的那些話，就像釀好的酒在多年後發酵了。後來，我真的念了中文系，也當上了國文老師，想不與文字有任何的關係都不可能，可見，讚美、鼓勵真的可以讓夢想成真。雖然老師將近八十歲了，但我仍能時常驚喜地收到老師送給我的好書，感恩老師不斷地支持與鼓勵我。

尤其，在出書的過程中，老師為我引見桃園縣龍潭鄉知名兒童文學作家馮輝岳老師寫作序文，再一次讓我感動萬分！除了要感謝馮輝岳老師對我的拙作美言有加之外，對於老師的提攜照顧，再次「感恩」。未來在寫作這條路上，我將加倍努力，因為這是感謝幾位老師最好的方法。

這本「編織人間情」，記錄了我從小至今生活的點滴：有旅遊途中的見聞與驚豔，有家人親子互動的逗趣歡樂，有為人女、為人妻、為人母、為人媳照顧家人健康飲食的樂趣，有閱讀好書的感動與心得，還有求學過程與教學職場上師生深厚的情緣，悲喜交織而成最真實溫馨的人間情。

C ONTENTS

輯一　旅遊驚艷

C ONTENTS

輯二　真愛情緣

C ONTENTS

輯三　心靈觸發

輯一

旅遊驚艷

印度市集奇觀

牙科診所街上擺攤

　　出國旅遊最令我欣喜的，莫過於走訪當地市集，從中體會當地居民的日常生活樣貌，偶爾還會有意外的收穫呢！

　　曾經參加印度皇宮之旅，行程中安排參觀一座名為「烏麥‧巴哈旺」的皇宮，是鳩德浦爾（Jodhpur）最具代表的建築，也是我們下榻的旅館，其豪華壯觀令人嘆為觀止。然而就在我們飽覽皇宮之美外，還有一個更令觀光客注意的購物區──鐘塔市集。

在路旁行醫的「牙科」，簡陋的木板上擺放消毒用品、假牙、鉗牙等行醫工具。

市集內有各式攤販，有賣新鮮蔬果、有穀物交易、賣水、還有路邊理髮……，無奇不有，不可勝數。其中最引人注目的是在路旁行醫的「牙

印度市集的新鮮蔬果。

科」，在簡陋的木板上擺放消毒用品、假牙、鉗牙等行醫工具，不知是否有人光顧，不過以衛生角度來看，還真有點令人不敢領教！

〈自由時報休閒旅遊版　2004／07／04〉

怡然自得的理髮師

在我們還是童年的時代，許多鄉下地方的理髮師傅，都有到府理髮的服務，一次即可將全家人的頂上門面打理乾淨，師傅只要挨家挨戶去服務，就可以生意興隆了。

前幾年，帶著行動不便的老爸去理髮。那是一家幾十年的老店了，沒有明顯的招牌，裡面只擺了兩張可以升降的椅子和一個簡單的洗頭設備，理髮師傅還是個六十來歲的歐吉桑。可是老爸卻對這家理髮店情有獨鍾，即使我們已經搬家，他還是大老遠的要回到這家店來理髮。如今，像這樣不起眼的店，已經十分罕見了。

　　原本以為台灣鄉下的理髮店已經夠稀奇了，沒想到在印度鳩德浦爾（Jodhpur）的市集裡，讓人驚訝的發現，理髮是蹲在路邊的，師傅見我要拍照，還擺出一副怡然自得的神情，好不愉快呀！

　　在師傅身旁，我還像發現新大陸一樣，拍到他們所使用的器具，有鏡子、梳子、刮鬍刀……等，設備真是簡陋！旅行的時候，若能以閒情逸致遊賞，一定會有很多令人驚奇的發現。

〈 自由時報旅遊版　2007／10／25〉

市集內怡然自得的理髮師。

吹吹打打招搖過市，騎白馬的印度新郎

世界各地的婚禮習俗大不同。中國人喜歡喜氣的紅色；日本人則愛有點陰森的黑色；西洋人愛用象徵聖潔的白色。在印度，我卻見到一支類似出殯隊伍的迎親場面。

坐著觀光巴士，經過齋浦爾（Jaipur）的街道上，前方迎面而來一支奇怪的隊伍，還吹奏著各式樂器。我們趕緊要求司機停車，衝上前去一探究竟，大家紛紛舉起相機按下快門。這一群人浩浩

一支吹奏著各式樂器的奇怪隊伍，後面出現一個騎白馬的人，真是名副其實的「白馬王子」。

蕩蕩走在路上，後面出現一個騎白馬的人，定睛一看，是新郎耶！長得英俊帥氣，名副其實的「白馬王子」，還好新郎即時出現，不然以台灣的習俗來看，還真以為是辦喪事的呢！

　　各地的風土民情，有著一百八十度的不同。所以「世界真正奇妙！」一點都不假，若沒有走遍千山萬水，我們又怎知世界大不同呢？

〈自由時報休閒旅遊版　2004／09／12〉

燒牛糞做印度煎餅

在印度，牛是最神聖的動物。街道上處處可見牛隻漫步，行人、車輛必須小心並加以禮讓，而「牛糞」更是印度人生活中不可缺少的燃料。

在旅遊途中，我們見到一戶人家的屋頂上曬滿了「牛糞餅」，隔著一道牆下，有一個婦女蹲在樓下，正用乾牛糞當燃料煎著印度薄餅。我很好奇，不知她所做出來的餅，是否會有牛糞的味道？

屋頂曬牛糞當燃料。

燒牛糞做印度煎餅。

〈聯合報玩遍天下出國新鮮事　2005／01／27〉

尼泊爾國家公園
——奇旺（Chitwan）叢林探險

　　奇旺是尼泊爾的第一座國家公園。早在二十世紀初期，英國皇室就喜愛在此狩獵，大量捕殺老虎、犀牛，造成野生動物瀕臨絕種的危機，所以在1973年時，為了復育獨角犀牛，奇旺成了保護區。

　　因為愛冒險，我們不畏苦、不怕難的踏上叢林探險之路。當看見奇旺國家公園的路標指示後，我們由公路轉進一條小路，小路的兩旁住著一群塔魯族人，他們耕作的方式十分原

稻草編成像傘一樣的「遮陽板」。

始，為了遮蔽酷熱的陽光，在工作時架起了一支支的三腳架，
上面有稻草編成像傘一樣的「遮陽板」，人就躲在那狹小的空
間裡將秧苗剷起，這樣免於曬太陽的構想，也稱得上是個好
辦法。

　　走到小路的盡頭，橫在我們眼前的是一條寬闊的河流，想
當然爾，接下來我們必須渡河而過，一看竟是一艘沒有救生設
備的木船，雖然心中害怕，但既來之則安之，只好把命運交給
老天了。眼看河水離船緣只有幾公分的距離，真是把大伙兒嚇
得哇哇叫，真怕船一傾斜就會………，還好船伕技術不錯，安
全將我們送達目的地。

復育中的獨角犀牛。

　　在奇旺叢林裡，騎大象探險是少不了的行程。象伕駕馭著大象，帶領我們走到叢林深處，尋覓著各種野生動物的蹤影。那天運氣不錯，第一次探險，就能看到復育中的獨角犀牛。當我們與犀牛以近距離接觸時，才清楚發現牠身上厚厚的皮膚皺折，就像武士身上穿著的盔甲一樣，頗有一副雄赳赳、氣昂昂的架勢！

　　　　　　〈聯合報玩遍天下玩家經驗版　2004／11／04〉

攀登世界的屋脊

——西藏高原紀行

　　因為去過「澳洲」，所以就對當地乾旱的新聞特別關心。因為去過「日本」，所以就對台灣日治時期留下的文物更加深入去了解。因為去過「印度」，所以就對國家地理頻道有關泰姬瑪哈陵的介紹看得入神。因為去過「尼泊爾」，所以就對尼泊爾王室血案的新聞感到不可思議。因為去過「西藏」，所以就對十四世達賴喇嘛的一舉一動特別留意，也對青藏鐵路的開通一則以喜一則以憂。

　　到過澳洲、日本、印度、尼泊爾、中國江南、西藏及巴里島……，所到之處有先進、有落後，無論哪一個地方其特殊的文化與風情，都會讓我留下深刻的印象，然而最教我魂牽夢縈的莫過於「西藏」，即使那已是十年前的事了，但旅程中的一切，仍然歷歷在目。

　　「西藏」，那裡的天最藍，山最高，寺廟最多，風情最獨特，人最純樸憨厚，是最令我迷戀的地方……。一八六八年生於巴黎的亞歷珊卓·大衛尼爾在一九二三年歷經重重難關，假扮藏人乞丐潛入西藏，成為第一個進入拉薩的西方女性。在她寫給先生的信上曾說道：「說真的，我思念不屬於我的土地，那高處的草原、孤獨、無止境的白雪以及湛藍的

青稞田旁準備牧牛、羊的孩子。

天空縈繞在我心……這土地似乎屬於另一個世界,是西藏人或是眾神的國度。我仍然活在它的迷咒中。」而我也好像被下了迷咒般,不顧一切地在一九九九年的夏天奔向西藏高原的懷抱。

　　當時青藏鐵路尚未完成通車,到西藏的兩種方式:一是搭飛機,另一就是搭汽車。我們選擇後者,從尼泊爾經中尼公路進入西藏,為的就是要慢慢適應其高山地形所引發的高山症。我們一路搖晃顛簸,搭了四天的巴士,才抵達拉薩,雖然比較費時,但我們卻享受了沿途美不勝收的壯麗河山的景色,更感染了西藏道地的風土民情。因為機動性較高,隨時可停車深入觀覽當地的大小寺院、市集、街道、羊群、犛牛、湖泊、青稞、油

菜花……，更可以近距離的與藏人、喇嘛們閒話家常，讓我們的西藏之行成為一趟此生難忘的豐富之旅。

山巒起伏、巍峨峭立的中尼公路

一九九九年七月十日，加德滿都→聶拉木

　　我們一行熟識的朋友十二人，從尼泊爾首都加德滿都出發，坐上巴士，在驚險萬分的中尼公路上奔馳，眼前所見，不僅高山低谷、層巒疊嶂，更見飛瀑處處，形成一幅翠綠與雪白相間的畫面，這樣的美景，使得原本驚恐害怕的情緒得以舒緩，加上這是一趟不同於平常旅行團的行程，心情竟有一種莫名的興奮。

　　經過一路的顛簸，終於到達巴士無法再前行的地方。大伙下車，扛著沉甸甸的行李，要步行走過坍方路段。在這高山峻嶺、人煙稀少之地，對於接下來的旅程，我所知無多，只好把命運交給尼泊爾領隊，他是我們十二人中，唯一曾由此行程進入西藏的人。跋涉過坍方路段，由卡車接駁，以為可以不用再背著沉重的行囊走路，沒想到，在搖晃一陣之後，我們又下車了，仔細打量周遭光景，原來已達尼泊爾邊境科達里海關，我們必須下車稍作休息，等聯絡中國邊防妥當，才能入境。約莫過了半小時，我們才又上路，走一段不遠的路，來到中尼邊界「友誼橋」。橋下奔騰的溪流，水聲滔滔，把我們的情緒也翻攪得沸騰起來，抬頭仰望沒入雲端的蒼翠山峰。這一刻，心中

升起一種特別的感覺：第一次踏進中國大陸的地方，不是發達的上海、北京或廣州，而是喜馬拉雅山下的一個小小荒僻的邊城，一股說不出來的感動與喜悅襲上心頭。

過了友誼橋，跟著人群一步步地走著，此處可見外國旅客、藏人、尼泊爾人，當然還有我們這群來自台灣愛冒險的夥伴，這裡沒有種族之分，更沒有國籍之別，我們共同的目標，就是翻越西藏高原。

一路上，路況很差，我們跋山涉水，盤山而上，走了大約二、三公里之後，再次坐上卡車，這回車子搖晃的程度，可是前所未有的劇烈，不僅前仰後合，還會四腳朝天，每個人無不牢牢抓住車上任何固定的框架，就像在大海裡緊緊抓住救命的浮木一般，否則，只要路面一個起伏，被拋出車外的可能性極大，而外面正是萬丈的深淵呀！

好不容易到達樟木海關，此地正是山下所見雲霧縹緲處，回首來時路，不禁捏把冷汗。在此一一檢查登記證件之後，才算真正開始攀登西藏高原的行程，等入境手續一切就緒，已是下午四時三十分，大家早已餓得飢腸轆轆，趕緊找家飯館充飢，補充體力後得繼續趕路。

道路依山蜿蜒而上，越爬海拔越高，窗外下起濛濛的雨來，早已看不清遠山近樹。不知過了多少時候，到達聶拉木時已夜幕低垂，當晚我們就夜宿當地十分簡陋的旅店內，沒電也沒水，我們都得忍耐三天，直到達日喀則時，才能好好痛快地洗個澡。

聶拉木的海拔雖只有三千七百多公尺，但一天之內從海拔一千三百多公尺的加德滿都上升二千多公尺，這種落差，使得隊友中有些已出現高山症的不適，我雖也有些頭暈，但無大礙。此處雖然荒僻，但可見藏族傳統的生活方式及建築，這種與眾不同的感覺，已經夠讓我們感到新奇，當然也為此地生活上的諸多不便，而很珍惜自己在台灣所擁有的。

拋錨在高原上

一九九九年七月十一日，聶拉木→拉孜

沿途美景不斷，羊群、犛牛、青稞、油菜花，青一塊，黃一塊，美不勝收，有如置身人間仙境，難怪後藏有「香格里拉」──世外桃源的美譽，如今身歷其境，真是百聞不如一見，名不虛傳！

欣賞窗外美景的同時，我們攀上了中尼公路的第二高點山口（海拔五千一百多公尺），此時仍感些微頭暈。站在群峰之上遠眺，山頭布滿皚皚白雪，才真正體會「山川壯麗」的感覺。翻閱過一山又一山，中午抵達協格爾，吃過簡單的午餐，繼續上路，走了不多遠，師傅（司機）停車，停在眺望珠穆朗瑪峰（聖母峰）的最佳位置，可惜天氣陰沉，無法看清。

在高原上繼續奔馳了兩個多小時，我們的車終於禁不住一路的顛簸疲累，拋錨了！在這前不著村、後不著店的高原之上，一停就是兩、三個小時，而此處海拔約五千公尺，原本

高原上的羊群，生命力特別有韌性。

大伙不明顯的高山症，因為停留時間過長，都顯現出極不舒服的神態，站也不是，坐也不是，躺著也難受，而我只好苦中作樂，跑上山坡趕羊去，沒想到才爬幾步，呼吸困難、頭痛欲裂，那種難過無法用言語來形容，趕緊輕巧慢步地走下山坡，乖乖坐著，寫日記打發打發。此時雖然天色未暗，但已是晚上八點，未來的命運只有祈求老天保佑了，當然更希望我們的地陪「達瓦」（藏語），趕快找到車回來接我們，不然在此荒涼浩瀚的高原之上，渺小的我們將何以度過寒冷的漫漫長夜。所幸在枯坐苦等了兩、三個小時之後，遠處塵土高揚、飛車而來的正是「達瓦」，我們興奮莫名，有如荒漠之中獲得甘泉一般。

　　換車之後，仍是一路狂奔，在晚上九點左右我們攀上中尼公路最高點山口處（海拔五千二百多公尺），為了趕路，加上

天色已暗，沒有下車，之後又是一路顛簸，不知置身何處，此時大家的安危全交給了師傅，再也理會不了其他。晚上十點十分左右，抵達拉孜旅館，各個筋疲力竭，倒頭便睡。這一段旅程，真讓我們難以忘懷！

知福惜福

一九九九年七月十二日，拉孜→日喀則

清晨醒來，望向窗外，路上三五成群的學生，邊走邊看書，而前一晚在旅館裡，見到不少遠道而來的中學生在此歇宿，站在旅館微弱燈光的走道上，挑燈夜讀，詢問之下，才知這兩天是此地升學考試的日子，相當於台灣的高中聯考，從他們認真的程度來看，此地的升學競爭也頗為激烈。

我們常會不由自主自怨自艾地悲嘆生不逢時或命運乖舛，可是來到西藏，我們看到樂天知命的藏人，即使土地不肥沃、交通不發達、氣候嚴寒，他們都能用一種減法過生活的態度，來渡過每一個春夏秋冬。所以兩天來，我們的食物雖然十分簡陋，也能入境隨俗地感受藏民們的艱苦生活。

這天我們將前往薩迦寺，位於日喀則薩迦縣內的仲曲河兩岸。這座佛寺是八思巴在元朝皇帝忽必烈的支持下，於西元一二六八年時始建，成為當時政治、宗教、文化的中心。寺內收藏大量藏、蒙、梵文抄寫的經典圖書。在大殿主供佛像的後面，有一個巨大的書庫，除了堆放著高及屋頂的各種規格經書

卷冊之外，還保存了一部由金粉抄寫而成的世界上最大的經書
（長1.7米、寬1.3米、厚1米）。佛像前還擺放著一排放滿元、
明、清時代精美瓷器的櫥櫃，可說是西藏文化的寶庫。

　　寺院裡，十來歲的喇嘛和我們聊起天來，那份天真、純
摯，全在他們笑鬧嬉戲的臉龐表露無遺，能夠到佛寺裡接受教
育的喇嘛，全都是家境略好的，比起沿路所見放牧的孩童，他
們之間的差距，可說天壤之別。

薩迦寺門口的轉經輪。

薩迦寺內一群天真活潑的少年喇嘛。

　　中午在寺內吃過簡單清淡的蔬菜麵之後，又一路直奔下
一個目的地——西藏的第二大城——日喀則。城裡景觀已然
進步發達許多，更有一座舉世聞名的札什倫布寺等著我們
去參觀。

　　到達飯店，終於有全天二十四小時供應的熱水，可以洗滌
三天來的僕僕風塵與疲倦，每個人無不興奮喜悅。生長在台灣
的我們，若和後藏居民一生難得洗幾次澡比起來，可是幸福太
多了！

札什倫布寺內一群天真無邪的孩童。

漸入佳境

一九九九年七月十三日，日喀則→江孜

　　日喀則位於西藏高原西南部，是歷代班禪坐鎮之地，有歷史悠久的文化古蹟，豐富多彩的民間文化，還有雄奇峻秀的自然風光，而最為人所知的莫過於札什倫布寺了。

　　札什倫布寺在日喀則的西郊，尼瑪山南坡上，有一片殿宇重疊、金碧輝煌、紅白相映的宏偉建築群，面積達三十萬平方公尺，寺內有措欽大殿，一世達賴、四世班禪靈塔，五世至九世班禪合葬靈塔和十世班禪金質靈塔，還有世界最大銅質鍍金彌勒佛坐像。整個寺院依山櫛次向上，樓舍參差錯落，殿宇巍峨聳立，金頂紅牆，蔚為壯觀。

日喀則的札什倫布寺是昔日班禪喇嘛的駐錫地。

　　札什倫布寺是宗喀巴的第八弟子一世達賴根敦珠巴於西元一四四七年創建，是藏傳佛教黃教派四大寺之一。在十七、十八世紀期間這座寺院曾大幅擴建，當時有將近四千名喇嘛在此居住。當我們走進廚房，赫然看見兩個直徑約三公尺的大灶，直教我們嘆為觀止、大開眼界，由此可見當年喇嘛人數眾多的盛況。

　　虔誠的藏傳佛教徒，到寺院朝聖，無不人手一包酥油。酥油是從牛、羊奶中提煉出來的，他們將奶汁加溫，放入大木桶裡，用力上下抽打來回數百次，直至油水分離，將浮現在上面的一層淡黃色的脂質舀起來，灌到皮製袋內，冷卻後就是酥油了。酥油是藏人身體熱量的來源，也是到寺院朝拜必帶的進獻物品，隨時為佛像腳邊擺著的油燈來添加燃料。另外，酥油還可製成茶，這種飲料在藏人的生活中占著舉足輕重的地位，不

過我們只敢淺嚐，畢竟還是有一種說不出的味道讓舌尖味蕾拒絕酥油茶長驅直入口腔。

下午一路風光更美，連綿不絕的油菜花田和青稞田，一眼望不到盡頭，耀眼的黃和純粹的綠，讓人有將整個身體投入在那一片花海之中的欲望。或許是秀麗的美景使然，也或者是我們已經適應高原地形，頭暈的感覺全然消失了，看來我們真的漸入佳境。

在進入江孜古城之前，從遠處眺望，映入眼簾的是一座英雄城——宗山古堡。在西元一九○四年時，江孜軍民在這裡譜寫了反抗英國侵略，保衛領土和主權的英雄篇章，至今宗山堡上，還保留有當年抗英的砲台。

在宗山堡下，還有一座江孜最重要的建築——白居寺，建於西元一四一八年，寺院內矗立一白色高塔，塔高三十二公尺，共九層，有七十七佛殿、神龕和經堂，一○八個門，殿堂之內藏有大量佛像，據說多達十萬尊，所以白居塔又稱為「萬佛塔」。這座塔、寺結合的寺院，是在西藏各教派分庭抗禮、勢均力敵的時期建立的，所以有格魯、薩迦、布魯等教派的特色，也有漢、藏及尼泊爾風格，融合各教派和平共存於一寺，是其最大特點。

江孜宗山古堡曾是藏人抵禦英人侵略，譜寫下英雄事蹟的地方。

抵達日光之城

一九九九年七月十四日，江孜→拉薩

　　又是新的一天開始，從尼泊爾出發至今，我們已在中尼公路上奔馳了四天，今天我們將會到達此行的終點站——拉薩，心中滿懷興奮。蜿蜒曲折的路程，有二百多公里之遙，途經三個山口，還可以近距離看到雄偉壯觀的冰山、冰河地形。就在一處終年不融化的雪山下，我們停下了腳步，看見幾隻供觀光客騎乘的犛牛，被裝飾得花枝招展，色彩妍麗得與周遭景緻不搭調，但我還是因為好奇使然，爬上了犛牛背，騎著過過癮。犛牛對藏族人的日常生活而言，是不可或缺的，更是最好的經濟資產，全身上下都有利用價值，牠還能以驚人的登山技術，爬上最陡峭的斜坡上去吃草，真不愧被稱為「高原之舟」。

　　一路上經過無數的山口、村口、山坡，不管是神山聖湖，抑或是街頭河邊，處處可見「瑪尼堆」。這種由刻有「唵嘛呢叭咪吽」六字箴言的大小石塊、石板所疊起來的石堆，上面插著木棒或樹枝，用繩子牽向一棵樹或山崖，樹枝和繩子上掛滿五色經幡和哈達彩線、白羊毛等吉祥袪邪飾物。最早這些「瑪尼堆」及「五色經幡」，是用來表示對大自然的崇拜，現在多用以敬神祈福，且由行旅之人不斷添加而成。

　　「五色經幡」上寫著許多經文，西藏人認為隨風飄揚的經旗，可以把他們所祈求的願望，傳達到神的耳朵裡，所以大多

插在屋頂、山巔或風口。其中藍色象徵天空，白色表示白雲，紅色代表烈火，黃色就是大地，綠色即是流水。

　　經過一山又一山之後，抵達寧靜優美又浩瀚無邊的「羊卓雍湖」，湖面海拔四四四一公尺，面積六三八平方公里，為西藏三大聖湖之一。公路沿著湖岸綿延數十公里，我們坐著巴士行車經過一個多小時，才慢慢離開湖濱，盤山而上，登上康帕拉山口（海拔四七九四公尺），俯瞰這座高原湖泊的雄奇壯麗，一望無際的遼闊，不是身歷其境是無法想像的。這種「數大之美」，與油菜花田的美，一樣令人讚嘆！

　　過了康帕拉山口之後，一路陡降，路呈之字型蜿蜒而下，我在車上竟因旅途勞頓而睡得東倒西歪，把窗外美景錯過了一

海拔4700公尺山口俯瞰壯麗的羊卓雍湖。

程，當清醒時，車已抵達山腳，經過曲水大橋，橋下正是聞名
於世的雅魯藏布江，原本奔騰洶湧的江水，流到此處，顯得平
緩許多。這條在地理課本上，讓每個學生為考試而苦背的河
名，此時此刻，正從自己的腳下流過，一種欣喜並且驕傲之感
湧上心頭。

　　巴士飛快越過曲水大橋，在一片成熟的青稞田及河岸之
間的空地上，傳來熱鬧喧騰的聲音，大伙紛紛下車，穿越青稞
田，聞聲而至，一看，原來是藏人慶祝即將豐收的賽馬會。這
種了解藏族風土民情的大好機會，我們當然不會輕易錯過，趕
緊拿起相機、按下快門。這場賽馬會，可說是旅程中一個意外
的收穫。

　　西藏的馬
術騎射活動歷史
悠久，早在吐蕃
時期就有。目
前，馬術表演項
目大致可分為六
種：馬上倒立、
直立、仰睡、跳
躍、拾哈達及敬

雅魯藏布江邊賽馬會，年輕騎手的馬上英姿。

獻青稞酒等。而我們在江邊所見，騎手都是少年人，表演高難
度動作，連連獲得在場觀眾的歡呼叫好及如雷的掌聲，可見騎
術訓練是從小就開始的。

　　曲水大橋之後的路面不再顛簸，換上平坦的柏油路面，終於一掃連日來一路搖晃的噩夢。進了拉薩市，沿路建築物十分現代，有豪華餐廳、卡拉OK夜總會、政府機關、大型百貨商場，高樓大廈林立，很難再尋找得到傳統藏式建築的蹤影，也許這就是進步開放所要付出的代價。

　　我們在拉薩停留三天下榻的旅館，就在大昭寺旁，這樣可以方便我們隨時參觀香火最盛、信徒最虔誠的大昭寺，也可以隨時逛逛熱鬧的八角街。

虔誠膜拜的佛教徒

一九九九年七月十五日，拉薩

　　拉薩是世界上海拔最高的大城市（三六五○公尺），也是西藏政治、宗教、文化的中心。「拉薩」二字在藏語中有「聖地」、「佛地」之意。全年日照時間超過三千小時，所以有「日光城」之稱。唐朝文成公主入藏時，拉薩還只是一片荒蕪，後來興建大昭寺、小昭寺，並擴建布達拉宮，拉薩才成為西藏高原最著名的城市。

　　西元六二九年，藏王棄宗弄贊（後世追諡「松贊干布」，有「莊嚴大德」之意）統一西藏，建立吐蕃王朝，在位期間，創立一個武力強大的帝國，東征西討，征服許多地區，甚至還威脅到當時唐朝國都。棄宗弄贊命學者參考印度文、漢文等國文字，創制藏文，並建都現今之拉薩。先後迎娶尼泊爾赤尊公

主和唐朝文成
公主，為了安
置兩位公主帶
來的兩尊釋迦
牟尼佛像，分
別建造了兩
座佛寺。大
昭寺建於西元
六四七年，位

大昭寺內正在念經的喇嘛。

於拉薩老城的中心，供奉赤尊公主帶來的佛像，而小昭寺則在
大昭寺不遠處建造，供奉文成公主帶來的十二歲釋迦牟尼等身
佛像。到了西元七一〇年時，藏王赤德祖旦迎娶唐朝金城公主
為妻，金城公主乃將兩尊佛像供奉的地點互調，從此大昭寺就
供奉著文成公主所帶來的佛像。

大昭寺
正殿前，總可
見許多虔敬膜
拜的佛教徒，
五體投地磕頭
跪拜，他們將
雙手合十，依
序放在頭上、
嘴前、胸前，

虔誠的佛教徒五體投地磕頭跪拜。

再以膝蓋著地，全身撲向地面，額頭不斷觸地，口中喃喃念著「唵嘛呢叭咪吽」六字真言。還有許多手持轉經輪的信徒，以順時針方向繞行大昭寺周圍的八角街。這條環形的道路長約八百公尺，原是信徒繞行跪拜的路線，但開放觀光之後，這裡形成一條販賣各種紀念品及日常生活商品的街道。「轉經」為的是朝拜大昭寺內供奉的釋迦牟尼佛，分為「大轉」、「中轉」、「小轉」。繞行大昭寺一周叫「中轉」，繞寺內天井一圈稱為「小轉」，而所謂「大轉」則是繞行拉薩舊城一周。在此我們真實感受到藏人對宗教的虔誠與崇敬。

在拉薩，到處都是各具特色的佛寺，而哲蚌寺便是以喇嘛人數眾多與佔地面積廣而聞名，它和甘丹寺、色拉寺並稱拉薩三大寺，都是宗喀巴和他的弟子所創建的。

藏傳佛教格魯派的祖師宗喀巴創立黃教，對西藏政教最大的影響就是「活佛轉世」的制度（藏語稱「呼畢勒罕」）。從古至今，宗喀巴的兩大弟子——達賴與班禪，就是藉由這個制度產生的，兩者輪流領導黃教，如果達賴或班禪其中一位仍然在世，就要負起尋覓轉世活佛與教養的責任，新任的轉世活佛於在世聖人的領導下，到了成年便可成為佛學大師，到時候，無論學識與成就都足以領導黃教。

揭開布達拉宮神秘的面紗

一九九九年七月十六日,拉薩

　　早上參觀聞名於世的布達拉宮,這個曾經出現在地理課本中的地名,原是那麼地遙不可及,而如今卻真真實實的矗立在我們的眼前,終於可以掀開她神秘的面紗,一睹她的廬山真面目,這種感覺就如同跨越過雅魯藏布江的感覺,一種如願以償的興奮與驕傲,驕傲於我們的祖先為我們留下偉大且豐富的文化遺產。一路備嘗艱辛,歷經跋山涉水、旅途勞頓之苦,為的就是要來一睹她的容顏、一親她的芳澤。

　　布達拉宮始建於七世紀松贊干布時期,直到十七世紀時,由五世達賴喇嘛重建,成為歷代達賴喇嘛的駐錫地以及西藏政

布達拉宮,昔日為西藏的政治、宗教、文化的中心,今則改為文物館,開放觀光。

教合一的中心。主體建築分白宮和紅宮，主樓十三層，由寢宮、殿宇、靈塔殿、僧舍組成，宮內珍藏大量佛像、壁畫、經典等文物。

我們乘坐巴士以倒車方式，從後山上去參觀，然後沿著前門之字形石階走下山，如此一來才不會因為往上爬而感到呼吸困難。在一九五九年，十四世達賴喇嘛流亡印度之後，布達拉宮便由大陸當局改成文物館，部分對外開放，她莊嚴的佛教聖地與政治領導的中心地位，終於難逃開放觀光的潮流，走向商業化的命運。站在這座屹立千年以上的殿宇，心中難免湧起無限的感慨。

當我們由布達拉宮階梯往下走至宮前廣場時，看見一群工作人員正忙著搭設舞台，原來是為了迎接知名藝人的演唱會，看來拉薩的進步與現代化真是太快了！若法國女冒險家亞歷珊卓‧大衛尼爾地下有知，她也一定會十分感慨於西藏的今非昔比。

西藏之旅的最後一站是「羅布林卡宮」（藏語「寶貝花園」之意），她和「布達拉宮」分別為達賴喇嘛的「夏宮」與「冬宮」。昔日羅布林卡的地位與布達拉宮一

羅布林卡宮—達賴喇嘛夏宮，現已改為人民公園。

樣神聖，每年三月至十月，達賴喇嘛都會在此誦經、休息、批閱文件或接見官員商議政務，閒暇時，在園林內遊賞娛樂，但自從十四世達賴喇嘛流亡印度之後，此處被改為公園，成為藏人休閒遊玩的最佳去處。尤其雪頓節期間，更是在四處搭起帳棚、圍起布幔，各地藏人聚集在此花園之內，儼然失去其神聖地位，令人不勝唏噓！

滿載而歸

一九九九年七月十七日，拉薩→加德滿都

　　整個西藏之旅的行程，即將在到達拉薩的「貢嘎」機場，搭上飛機之後，畫下完美的句點。此行雖備嘗艱辛，但卻意義非凡，不僅挑戰地形的極限，更是一場自我體力與精神極限的挑戰，每個人臉上雖有倦容，但都懷著滿足而喜悅的心情。地陪「達瓦」在機場一一為我們獻上象徵祝福的「哈達」，雖然離情依依，終究還是得踏上我們返回加德滿都之路，繼續下一個旅程。

　　原以為搭上飛機之後，行程即便結束，沒想到在高空中俯瞰皚皚白雪的山峰，是一種特別的經驗。世界各地的登山好手，都以征服世界最高峰——珠穆朗瑪峰（海拔八八四八公尺）為傲，卻也有許多人喪命於此，這是座集美麗與哀愁於一身的聖山。當機長廣播即將飛躍世界第一高峰——珠穆朗瑪峰（聖母峰）上空時，機上的旅客無不挨近飛機右側窗口，爭相目睹珠峰頂上雄偉壯觀的皚皚白雪。也許這一輩子，我們都沒

有機會登上珠峰，但能在高空中一覽全貌，也是很過癮的！雖
是在不同於陸地的角度眺望雪白的聖母峰，但我們畢竟看到
了，讓此行更沒有遺憾。

　　看過了無數連綿不絕雪白的山峰，直到飛機降落在尼泊爾
首都加德滿都之後，我們的西藏之旅才算真正的結束，這趟旅
程既豐富又令人回味無窮。我想這輩子都會為曾經攀登過世界
的屋脊「西藏高原」而自豪。

拉薩貢嘎機場是世界上海拔最高的機場。

西藏高原騎犛牛

騎馬不稀奇，可是我打娘胎出生從沒騎過，騎大象也不稀奇，因為本姑娘騎過兩次。騎犛牛？可就要換各位嘖嘖稱奇囉！

那年趁年輕，身強力壯，與三五好友攀登（其實是坐車）上有「世界屋脊」之稱的喜馬拉雅山脈。我們從尼泊爾邊界，通過友誼橋，進入西藏，沿著中尼公路，

西藏高原騎犛牛。

一路蜿蜒顛簸前行。我們費盡千辛萬苦，忍受難耐的高山症，所幸沿途美景不斷，足以讓人忘卻身體的不適，還能苦中作樂一番。

車子飛奔急駛兩三天，翻山越嶺，不知經過幾個隘口，在一處海拔高度約有五千多公尺的地方，我們停車稍作休息。此處可見終年不化的皚皚白雪，雪山下有幾頭被主人打扮得花枝招展的犛牛，主人見了觀光客，趕緊把犛牛拉上前，喊著騎一次五塊人民幣的價碼，對於向來勇於嘗試的我來說，怎會錯過這個體驗新鮮事物的機會？二話不說付了錢，爬到

牛背上，雄姿英發一下，趕緊要同伴拍照為證，下了牛背，主人見其他人興趣缺缺，再次喊價：「一塊錢！一塊錢！」我一面心疼人民幣，一面抱怨：「怎麼差這麼多？早知道就不這麼猴急了！」

不過，每回翻看著照片，心中都會有幾許的得意，覺得還是非常值得。畢竟見過犛牛的人不多，更別說「騎犛牛」了！

〈自由時報休閒旅遊版 2004／10／10〉

日本富士山，一圓雙親旅遊夢

　　很多人看到日本富士山，都會為她獨特的山形而驚嘆不已，當然我也是，不過還有兩個人比我更雀躍，那就是我的雙親。

　　父母親辛苦大半輩子，活到七十歲，仍然沒有辦法有錢有閒出國旅遊，看在做子女的眼裡，真是覺得太對不起他們了，所以我決定排除萬難帶他們倆老出國去。為了選地點頗費了一番心思，考慮老人家不能去太刺激或太落後的地方，最後選定日本，除了符合考量之外，還有一個重要的原因，就

山頭上覆著皚皚白雪的富士山。

是他們都聽得懂日語，可以當我的翻譯，就這樣我們踏上了日本之旅。

　　對於從未出過國門的的爸媽來說，光是坐飛機就足以令他們興奮不已，爸爸還特別要求坐窗邊，一路上跟媽媽吱吱喳喳個不停。

　　到了日本，走馬看花，遊歷了大阪、京都、神戶、福岡、東京，雖都有驚喜，但都不及他們在看到富士山時所發出的讚嘆。原來在他們所接受的日本教育裡，富士山就等於日本，活到七十歲終於一睹她的「廬山真面目」，似乎有心願已了的感動。

〈自由時報休閒旅遊版　2005／04／03〉

豪斯登堡的春天

　　十幾年前的日本之旅，豪斯登堡春日的美景，一直在我心中有著「曾經滄海難為水，除卻巫山不是雲」的地位。

　　艷光四射的鬱金香成為度假村最美麗的景物，無論我們以什麼地方為背景拍照，都能留下迷人的姿態與難忘的回憶。其中一張以鬱金香為主、河流建築物為輔的照片，在沖洗之後，越看越愛不釋手，還曾特別精心地依景物將它製作成一幅令自己頗為得意的押花作品。那樣的美麗景緻，真的好令人無窮回味啊！

　　那一趟日本之旅，除了使自己釋放了些許工作的壓力之外，也讓七十歲才第一次出國旅遊的雙親，有一個畢生難忘的記憶。看見雙親（尤其是爸爸）就像是孩童般地雀躍，從一個景點到下一個景點的車程，他們倆總是在車上對窗外的景物吱吱喳喳地讚嘆個不停，對導遊的介紹更是不時打岔提問，害我覺得對其他團員十分不好意思，都得在晚上

豪斯登堡春日美景，萬紫千紅鬱金香花海，令人難忘。

進入旅館房間後，對他們三令五申：不要太多話，以免破壞其他人的遊興。話說歸說，但心裡還是很高興他們能這麼開心的品嚐他們有生之年的第一趟旅行。

十年前的父親，身體頗為硬朗，一路上健步如飛，比起我來毫不遜色。但如今，父親已經無法再與我享受同遊的樂趣了，每每拿起這些美麗的照片總有些許遺憾，因為父親一生只出國旅遊

日本豪斯登堡押花。

兩次，兩次都是我及媽媽陪伴，他好開心快樂，跟在家中的他真的盼若兩人。當他在病榻上無法起身行走時，回憶著往事種種，一直念念不忘那兩次的旅行。現在，他在天國，是否也覺得豪斯登保的春日是人間最美的風景？

澳洲山賊
——奈德・凱利

　　台灣有個家喻戶曉的義賊廖添丁，在澳洲也有個名聞遐邇的草莽英雄——奈德・凱利（Ned Kelly，1854～1880）。他出生於一個兄弟姊妹眾多的貧窮家庭，在那個貧富不均、正義不彰的年代，他對貴族與權力階級有著深深的不滿，但卻沒有任何改變現狀的能力。

　　壓抑在胸中的怨怒讓他無惡不作，幹過馬賊、銀行搶匪、殺警歹徒，奈德・凱利在當時可說是澳洲著名的黑社會老大。不過，在貧窮老百姓的心目中，他早已被英雄化為澳洲的羅賓漢，一位民族英雄。

　　1870年代，奈德・凱利與弟弟、朋友合組所謂的「凱利幫」，身擁槍械、穿戴重達九十磅的自製盔甲。

澳洲大盜——凱利。

有一次，「凱利幫」與警方在叢林裡展開激烈的警匪槍戰，奈德・凱利身中二十餘槍仍頑強抵抗。被捕後，雖有二、三萬人為他請願，但終究被處以絞刑，結束了二十六年短暫又傳奇的一生。

在澳洲自助旅行時,我們無意中造訪了位於澳洲內陸、人煙罕至而不被觀光客青睞的凱利鄉。參觀曾經禁錮凱利的監獄,想著他在無惡不

禁錮凱利的監獄。

作之後,被逮捕關在一方小小的天地裡,他心中所想的是罪有應得?還是心有不甘?

在附近另一個小城鎮,我們看到一座約有三層樓高,全身穿戴盔甲、手持長槍的奈德‧凱利塑像,那正是「凱利幫」自製重達九十磅盔甲的裝束模樣。遊客循著旅遊指南尋幽訪勝之餘,不妨可到凱利鄉一探「澳洲山賊」究竟,此地儼然因為奈德‧凱利而聲名大噪了。

〈自由時報旅遊版　2008／04／24〉

造訪西湖之美，與古人交心

　　在讀了宋朝蘇軾的「欲把西湖比西子，淡妝濃抹總相宜」的詩句，又在唸了明末清初張岱的「湖心亭看雪」的小品文後，西湖的迷人景緻，已在我的腦海裡，有著美麗的憧憬。

　　為了尋找前人的足跡，我終於到了西湖，感受她如詩如畫般的美景。不同世代的三個人，對西湖卻有著相同的「癡情」。我們在不同的時間，來到了相同的空間。也許那個東坡走過的腳印，正被我踩在了腳下，或者我正坐在東坡所栽植的樹下乘涼呢！而湖心亭裡，那個與我「鋪氈對坐」、「強飲三大白」的似乎正是張岱。

　　雖然沒有在繁花盛開的「煙花三月」一睹西湖的容顏，但是張岱不也是在嚴冬時節發現了西湖之美嗎？冬天的西湖的確別有一番小姑娘嬌羞的天真淳樸，印證東坡「淡妝濃抹總相宜」下的淡妝之美。

〈中國時報休閒旅遊版　2005／03／01〉

輯二

真愛情緣

押花，活出讚美

多年前，因為學姊一張親手製作的押花喜帖，讓我對押花藝術產生了莫大的興趣，從此，便與它結下了不解之緣。有了一份像學姊一樣親手製作與眾不同的卡片送人的夢想之後，便開始四處拜師學藝。

我選擇當時還算普遍的救國團服務社的押花課程為入門，剛開始老師從書籤、生日卡片、鑰匙圈、胸針……等小作品開始教起。每次上

押花作品——黃昏之美。

課，便可完成一件作品，那種成就感是我繼續努力向更高深的技巧邁進的動力。為了押花，我真的可以廢寢忘食，也因為押花，從此以後，在路上看到花呀草的，無不仔細端詳，並且好好研究、試驗它們，不斷嘗試各種材料，直到覓得適合我做畫的材料為止。

押花的花材要自己親手製作，才更能體會「拈花惹草」的樂趣。所以必須準備幾個押花箱，將從花店買回、或自己栽種、甚至路邊或別人家籬笆外偷採回來的花花草草，修剪整理

後，放入押花箱，使其水分以急速乾
燥法達到保持花草的鮮豔色澤。有
了各式各樣的材料之後，就不會有
「巧婦難為無米之炊」的窘狀了。

押花作品——甜蜜的家。

為了尋找別出心裁的材料，我
上山下海、四處奔波，在在都是為了
能夠尋覓那迷人的花草風采。為了讓
畫作看起來逼真，我使用白千層層次
分明的樹皮來表現樹幹；為了製作一
幅「出水芙蓉」的作品，我嘗試製作高難度的荷花乾燥；為了
做出蒼茫的草原景象，我爬山時特別注意路邊不起眼的雜草。
這樣的過程，讓生活增添了更多樂趣。

當一幅幅用花花草草組合而成的畫作呈現眼前時，那種
無以言喻的喜悅，總是支持自己繼續創作的一股難以抗拒的力
量。另外，最高興的是終於可以一償宿願，用自製的卡片傳遞
親情、友情與愛情。有時，還可以將大幅作品當作禮物送給親
朋好友，享受那份「獨樂樂，不如與眾樂樂」的喜悅。

在多方觀摩與朝進階學習之後，欣賞與讚美的人更多了，
鼓舞著自己更上層樓，向更高難度的技巧學習。在一個偶然的
因緣際會之下，沒想到那些無心插柳的作品，有了幾次公諸於
大眾的機會。幾年下來的努力，能夠稍稍嘗受到這一點兒甜美
果實的滋味，真是始料所未及的。

　　現在，每天在上班與家庭兩頭燒之餘，我還是時常將我所知、所學傳遞給喜愛花草的人，讓大家不必有「有花堪折直須折，莫待無花空折枝」的遺憾，讓花仙子的短暫生命透過押花藝術可以永留人間，不必再為她「化作春泥更護花」而感傷哀憐。

〈中國時報家庭男女版　2006／04／12〉

編織人間情

　　我很贊同「雙手萬能」這四個字，因為許多有價值的藝術品，都是由人類用雙手琢磨出來的。不知是否真有「天賦」這回事？不過從小我便十分喜歡用雙手做東西，尤其是用針線編織衣物，不僅可以無師自通，甚至還可以創新改良呢！

　　小學時，有一次的美勞課，老師要大家帶鉤針、毛線織圍巾，才發現了自己具有編織的潛能，從此我便愛上了這項技能，開始織圍巾、毯子、椅墊。上了國中，家政老師要大家用棒針織毛衣，我又瘋狂的愛上織背心，為自己及家人編織許多保暖物品，更不時把它當作禮物送給好朋友。而最讓自己得意的作品，是一種用東京線編成的「書籤」，那是一種極細的線用極小的鉤針編織而成的，完成一個作品需耗費一個鐘頭的時間，若熟練些可以四十分鐘完成。有時一天做上七、八個是常有的事，也就因為接連不休息，左手中指常被鉤針刺破而流血，我仍不以為苦繼續編。它不同於坊間所見那種用紙印製的書籤，它是細緻且具有美感的，總是令人愛不釋手。

　　大學時，曾經拿這些書籤送給好朋友，成為我搭起友誼的橋樑。

稔中穿的背心是媽媽編的。

也曾經在經濟拮据時，拿去賺取一點生活費。待當了老師之後，我把書籤當作獎品送給學生，收到禮物的學生無不十分珍愛，甚至有些學生為了收集不同顏色的書籤而努力用功呢！更有的學生在長大後，拿著老師送的書籤，驕傲的與人分享書籤的故事。另外，我也拿著書籤去義賣，將所得金額送給需要幫助的人。小小的書籤為我成就了許多人間美事，可說真是「小兵立大功」呢！

　　時代進步了，許多東西都講求速成，雖然方便使用，不過也缺少了那麼一點兒價值。速成的東西，是那麼的千篇一律，是那麼的沒有人情味，是那麼的沒有美感，只有手工製作的物品，才會是獨一無二，才會耐人尋味，才會讓人永遠珍惜。

〈國語日報家庭版　2007／12／06〉

清明製作「艾粄」，全家總動員

活潑好動的兒子，經過一個有如冬眠動物般漫長寒冬的蟄伏之後，再也不放過任何一個春來放晴的日子，趕著到院子四處奔跑活動，玩得汗流浹背、滿臉通紅，好不快樂呀！

「艾粄」（又稱草仔粿）的材料——鼠麴草。

每當冷颼颼的寒流，一波接著一波來襲時，不只孩子盼望天晴，就連大人們也渴盼著迷人的陽光早日露出迎人的笑臉。全家大小無不眼巴巴地望向窗外，希望晴朗天氣的來臨，讓好久沒有活動的身體筋骨舒活舒活。

在這百花盛開的季節，最適合攜家帶眷去郊遊、爬山了。在許多晴朗的假日，我們會帶著五歲的兒子回龍潭鄉下的娘家，那裡有一片屬於自己的山坡地，栽種茶樹、咖啡樹、李子樹、柚子樹、苦茶油樹以及洛神花、各式蔬菜……等不同季節收成的植物，讓我們時常享受著採果的樂趣。

那天，我和兒子又爬到山坡上享受風吹樹動的美麗景緻，就在眺望著遠山近樹時，不經意地發現滿地都是開著小黃花的「艾草」。那是一種早春時節，在沒有噴灑農藥的土地上生長的小草，一般鄉下人家會將它採來當做「艾粄」（又稱草仔

粿）的材料。根據本草綱目記載：艾草具有回陽、理氣血、逐濕寒、止血安胎等等的功效。

婆婆媽媽一起做「艾粄」。

我欣喜若狂於這久逢的「知己」，趕緊蹲下身採摘了起來，在一旁漫無目的追逐奔跑的五歲兒子見狀，也好奇地加入我採摘的行列。我告訴他：「多採一點回去，我們就可以做成艾粄，等下次郊遊野餐時，便可以帶著做好的艾粄來當作午餐了！」兒子一聽，興奮極了，也就愈採愈起勁。我們乘著涼爽的風、吹著口哨，帶著得意的「戰利品」滿載而歸，腦海中已然充滿著下一回郊遊野餐的美麗畫面：吃著艾粄，喝著洛神花酒或咖啡，飯後還可以再喝個下午茶，而這些食物與飲料全都取材自於我們家的那一片山林，覺得好滿足！

蒸籠裡的「艾粄」，讓人垂涎三尺。

帶著一大袋的艾草回家之後，我已迫不及待想讓它快些成為令人垂涎三尺的美食，便將艾草洗淨，放入開水中汆燙一下再撈起，捲起衣袖、拿起菜刀，準備好好地把它剁碎。兒子在一旁看得目不轉睛、口水直流，老公則是供我差遣使喚的好幫手，一會兒到商店買糯米

粉，一會兒準備蒸籠，還不忘拿著相機在一旁為我留下歷史性的一刻，一家子忙得不亦樂乎。

　　艾粄的製作印象是很久遠的事了。我試著根據媽媽教導的方法一個步驟一步驟的完成，還真的讓我做出很有媽媽味道的艾粄呢！經過大家的品嚐鑑定，嗯！料好味美，兒子邊吃還邊豎起大拇指說：「超好吃的！一級棒ㄟ！媽媽，我好愛你喔！下次我還要再去採艾草。」雖然製作艾粄的過程又累又麻煩，但有兒子的讚美，我樂在其中。

〈中國時報家庭男女　2006／04／03〉

香Q帶勁的客家麻糬

　　客家麻糬的由來，據說是因為古代客家人窮，無錢招待訪客，便用剩飯搗勻加入花生粉、糖粉而成。另外還有一種說法是：古代人在舂米的時候，不願意浪費殘留在臼底的碎米，而想出物盡其用的方法，於是將這些碎米蒸熟搗成黏糊狀，再作成柔軟的點心來吃。不過，如今不管是窮還是物盡其用的原因，麻糬的那股香Q帶勁的滋味對我而言，可是無論如何也忘不了的好味道。

　　現在客家麻糬的作法，是將糯米磨漿蒸熟，用棍子攪拌至黏稠凝結，或者以杵臼大力搗擊，增加黏度而成。客家麻糬有兩種吃法，在一般婚喪喜慶的場合所吃的，是將搗勻的麻糬，用筷子夾剪成小塊，沾上花生粉、糖粉來吃。另外一種吃法，是用老薑熬紅糖的湯汁參入麻糬，熱呼呼地吃起來，也別有一番好滋味。

　　小時候最令人興奮與期待的事，就是遇到親戚家在秋收後，為了謝平安而舉辦的大拜拜活動，通常爸爸媽媽都會帶著全家大小一起去作客。從出發前的穿衣戴帽，到欣賞旅途沿路的風光，在在都足以讓鄉下長大的我雀躍萬分。到了親戚家，除了可以看野台戲之外，還可以好好的大快朵頤一番，好不快樂啊！

在吃豐盛的大餐前，主人將早已準備好的麻糬端出來，大家你一口我一口的用筷子夾剪成小塊，沾上花生粉、糖粉來吃，哇！那既香又Q的麻糬，好像至今還齒頰留香一般，想著想著都要垂涎三尺了！大家在吃著麻糬的同時，順便閒話家常，聊聊彼此的近況，增進感情。好令人懷念的一份記憶啊！

現在，大家豐衣足食了，再加上也忙碌了，很少有那份悠閒心情，千里迢迢到親友家去吃一餐飯。所以那份兒時的記憶，只好到市場裡買現成且已經沾好了花生粉、糖粉的麻糬，才能再次被喚起。

健康養生　茹素好處多多

　　婆婆吃齋唸佛已二十多年，七十五歲的她，身體硬朗，沒有一般老年人的慢性疾病，連小感冒也少有。平時在家唸經之餘，就到菜園裡種種菜、除除草，日子過得倒也愜意。

　　自從結婚以來，因為夫家是個極重視養生的家庭，我很快地也被這種健康的養生之道影響，並且將它融入三餐的飯菜之中。煮飯燒菜時，我會兼顧吃素的婆婆營養的需要，煮出三至四道素菜，葷食頂多一樣，有時乾脆全家一起吃素。而我們每日三餐飯桌上的菜色，大都來自自家栽種的新鮮蔬菜，沒有農藥殘留，也沒有加工製作的不良物質，吃起來特別香甜可口，當然也吃得特別安心。偶爾搭配市面上購買的素食，再補充雞蛋、牛奶蛋白質，這樣簡單清淡的菜色，我們甘之如飴。

　　以蔬果為主的飲食，除了使我們感覺神清氣爽，少有疲累倦怠感之外，還有許多好處，就是花費的金錢少，烹煮時也省時又省力。大魚大肉所花費的購買價錢與烹調時間，絕對比青菜水果要多得多，但所吃出的健康，卻未必比蔬菜來得好。所以花大錢卻不見得有健康的身體，何苦多吃魚肉？

　　因為婆婆長年茹素，連帶全家也減少了攝取動物性脂肪及蛋白質的習慣，不僅養生，也少了殺生，真是一件有福的事。

〈人間福報福報家庭　2005／04／12〉

抓住婆婆的胃

　　結婚已經多年了，但是我是在最近一年才知道婆婆最愛吃炒米粉。剛結婚時，常常納悶：為何每逢年節，婆婆都會拿兩、三包的米粉到廚房來要我炒？我已經為準備各種菜餚而忙得不可開交了，還要增加炒米粉的工作，心中有著百般的不悅，但是我還是照著她老人家的指示完成了。

　　起初，我並不諳炒米粉的技巧，對於婆婆的這個舉動時常感到有點兒強人所難，所以就會暗示她我炒得不好，想請教她怎麼炒才好吃的方法。她一聽便知道我的意思，就把作法及其中獨家配方的祕訣告訴我，並且讓我在一旁見習幾次，後來才慢慢地放手讓我大展身手。一次、兩次地嘗試，慢慢地我也抓住了其中訣竅。幾次下來，有婆婆味道、既香且Q的炒米粉滋味，已經完完全全教給我了。

　　後來，在幾次閒話家常中，婆婆才道出她愛吃米粉的原因。就是公公在世的時候，他不僅會製作米粉，甚至也經營米粉的買賣，可能為了思念吧！只要吃著炒米粉，就會想起從前那個去世了二十多年與她同甘共苦建立家業的公公，難怪婆婆對炒米粉這道傳統美食如此情有獨鍾，即使三餐以炒米粉裹腹也不會嫌膩。

　　當我知道婆婆愛吃米粉的原因是為了思念，現在的我已經不再為炒米粉而嫌麻煩了，甚至每到週末假日時，有充裕的時

間準備烹調，我都會刻意主動的炒米粉，讓她老人家可以解解思念的饞。她一邊吃一邊笑呵呵地說：「哇！這米粉真好呷！我尚愛呷米粉啦！三等呷嘛沒要緊！妳炒米粉嘛出師呀呢！」她的話我聽在耳裡，甜在心裡，對她說：「好呷嘛是妳教我耶呀！」她一聽早已笑得合不攏嘴了。

　　在這個年輕人都很自我的時代，要建立良好的婆媳關係不是遙不可及的，花點心思抓住她老人家的胃，她會愛我們如自己的親生女兒一樣。

〈聯合報家庭婦女版　2006／07／20〉

好吃的麻油香菇湯

　　當初和外子交往期間，第一回到他家裡作客，茹素的準婆婆親自下廚，煮了一道「麻油香菇蓮子素雞湯」，這湯可是我打娘胎出生所嚐過最美味的食物之一。嫁入夫家，婆婆自是將這道美食的作法，毫不保留的傳授給我，如今我也可以煮出有婆婆味道的養生素雞湯了。

　　這道湯的作法：首先切適量的老薑片以麻油炒熱，放進煮沸的水中，再加入少許紅棗、枸杞、當歸、參鬚、肉桂五種中藥材入味，一起慢火熬煮約30～40分鐘左右，接著將素菜專賣店買回的「香菇蓮子素雞」切塊，放入湯中一起煮約3~5分鐘，最後加些高麗菜及少許的米酒，待高麗菜煮熟即可食用。

　　「麻油香菇蓮子素雞湯」，適合在寒冷的冬天食用，熱呼呼地吃起來，全身頓時暖和和，絕不亞於薑母鴨或麻辣火鍋。這道湯不僅去寒保暖，還具有補中益氣、補血活血、明目安神、滋補肝腎、加強新陳代謝、降低膽固醇高血壓、增強免疫功能……等許多好處，真是一道不可多得的健康養生湯！

　　在這個吃豬肉怕吃到病死豬、吃牛肉又怕感染狂牛症的時代，現代人為了吃，真的已經到了聞「肉」色變的地步，所以選擇素菜，不失為解決之道。

〈人間福報家庭版　2005／12／23〉

美麗大改造

　　幾個月前，辦公室裡來了個新同事，不僅身材曼妙婀娜，而且皮膚纖柔紅潤，感覺年輕又有活力。經過一段時間的相處之後，才知她已是個兒女都上大學的「辣媽」，更讓我驚訝的是，她竟然小我一歲呢！

　　回到家裡，攬鏡自照，鏡中人不僅皮膚蠟黃，而且皺紋微現，再看看身材，腹部下垂，更有個水桶腰！曾幾何時自己已經是個「歐巴桑」了！不禁悲從中來。心想：我的兒子才四歲耶！人家女兒都上大學了，看起來還比我年輕十幾歲。「是可忍，孰不可忍？」我決心要來個「健康美麗」大改造。

　　首先從飲食著手，每天一早喝下500cc的開水，讓腸胃暢通一下，接著吃下一份無油少鹽的有機青菜餐，外加一杯自製鮮豆漿。嗯！感覺神清氣爽，便可以愉快的上班去了。剩餘中餐及晚餐，儘量多吃蔬菜少食澱粉及肉類，兩餐之間，搭配一兩份水果。簡單又營養的飲食，相信可以讓我蠟黃的肌膚再現美麗光澤。

　　其次，便是要有充足的運動，每天早晚各跳半小時健康操，讓筋骨舒活舒活。假日時，攜家帶眷爬山去或郊外踏青，讓累積一個星期的疲勞身心得以放輕鬆，痛快地流個汗，好好吸收大自然的日月精華。哇！甩掉了身上多餘的脂肪，感覺身輕如燕了許多。

　　要擁有健康美麗，除了飲食清淡、勤做運動之外，當然還要作息正常啦！所以，一定每天早睡早起，絕不熬夜，保持體力最佳狀態，這樣就可以增加身體的免疫能力，如此一來，便可以遠離所有疾病，真正擁有健康美麗的人生。

〈聯合報健康版　2006／01／17〉

健康真可貴

　　曾經聽過一個講師談到健康的議題，他在白板上寫了一串阿拉伯數字，前頭的「1」和後方數不清的「0」，讓大家十分好奇也充滿了疑惑。「這一串數字代表什麼意義呢？」很多財富？抑或是很多親情、友情……？正在大家七嘴八舌討論之際，講師緩緩地公佈答案：「前頭的『1』，代表的就是簡單卻容易被忽略的『健康』，而後方無數個『0』，才是金錢、親情、友情之類的東西。」如果沒有前頭的「1」，那後方數不清的「0」就沒有任何意義了。

　　有如當頭棒喝的人生哲理，頓時讓在座的聽眾為之一震。的確，如果沒有了健康，再多的金錢有什麼用？如果沒有了健康，如何與家人共享天倫之樂？如果沒有了健康，如何擁抱愛情？如果沒有了健康，如何與朋友分享可貴的友誼？如果沒有了健康，再多的山珍海味也無福消受。健康，是一切幸福美好生活的根本。

　　要擁有健康美好的生活，其實要靠自己對健康的堅持執著並且身體力行。「清靜自然飲食」、「簡樸生活方式」、「豐沛生命關懷」，是我認為要擁有健康人生的三大目標。首先，飲食一定要自然，過度加工或精緻的食品，都不是健康養生之道。生活環境要清靜，不做過度的喧囂與放縱的身心釋放。再者，生活方式要簡單，沒有太多的慾求，就不需為了追逐不切

實際的物質慾望而疲於奔命。有了最基本的生活之後，再讓生命充滿豐沛的關懷力量，關心自己也關心周圍的人群，讓大家都生活在一片祥和之中，我們才能有一個美善和諧的社會，大家才能身心靈都健健康康的。

　健康是最可貴的，但也得靠自己去身體力行，希望大家的健康存摺都可以在「1」後面加上無數的「0」。

舌頭長肉球，因禍得福

多年前，媽媽發現舌頭上長了顆不明的肉球，起初不以為意，但經過一段時日，仍未見其消失，才赫然驚覺事態的嚴重，趕緊就醫，經過切片化驗檢查，確定是一顆不好的東西。永遠記得媽媽步出醫院門診時，她懷著悲傷難過的心情，有如世界末日降臨般，而陪在一旁的我，跟她同聲哭泣。

當時，我們得知這不幸的消息，的確曾經做過最壞的打算，可是，我們並沒有放棄一絲希望，與醫生做全力的配合，媽媽接受了手術切除的治療，在大家誠心的祈禱下，手術十分成功，本以為母親的舌頭，會因為開刀切除而讓生活大受影響，沒想到比我們預期的要樂觀。

出院後，媽媽可以正常說話與飲食，我們都感到十分欣慰。幾年來，定期回醫院追蹤治療以及時常健康檢查，加上媽媽在飲食上以養生為重，所以健康狀況比年輕時候還要好，也許可以說是另一種的「因禍得福」吧！

人們常在身體健壯時，都忘了養生之道，而在病過一回之後，才開始重視飲食與運動。經過媽媽的這場病，我知道：人在年輕時就要好好保養身體——注意飲食，勤做運動，正常作息。

〈聯合報健康版　2006／02／26〉

愛妻飯盒最美味

　　許多妻子為了長期外食的老公，精心製作美味又健康的「愛妻便當」，因為有妻子的巧思及愛心，吃起來特別香甜。我和老公之間，也有同樣的情形，只是我們角色互換，便當是老公做給我吃，可說名副其實的「愛妻」便當呀！

　　懷孕初期，為了圖方便，午餐就和學生同事一起吃訂購的便當。而我卻是常吃了幾口，便將它當作廚餘回收了，不僅浪費食物，而且也使自己挨餓，對於腹中寶寶的健康，更是影響不小。老公知道了，便每天早起，在我梳妝打扮的同時，為我準備早餐及午餐便當。

　　雖然老公的廚藝稱不上高明，但他對營養學倒是頗有研究，更有健康概念。他知道孕婦需要補充哪些營養素，如：有助胚胎細胞發展的蛋白質、腦部發育的葉酸、以及幫助骨骼成長的鈣質，他都能做均衡的搭配。所以魚、肉、蛋、奶、黃綠色蔬果、起司之類，常是便當裡的菜色。睡前還要再補充一粒蜂王乳，對我的照顧可說無微不至。

　　偶爾會開玩笑的對他說：「還不是為了肚子裡的寶寶，才會對我這麼好。」可是說歸說，心中還是充滿著暖暖的喜悅。尤其是每當午餐時間，同事見我吃著自家的便當，會好奇又調侃的說：「是不是老公做的？好幸福喔！」我則驕傲又滿足的說：「是呀！」真是羨煞了大家！

別人吃著妻子做的便當，感覺特別香甜；我吃著老公做的便當，也覺特別美味可口。從此每天吃光光，一點也不剩。

〈聯合報家庭婦女版　2004／07／23〉

快樂「矮人族」

中國歷史人物中以身材五短聞名的，非春秋時代的「晏嬰」莫屬了。當他出使楚國，卻遭到楚王以「小門」進入的侮辱。他機智且幽默的說道：「使狗國者，從狗門入，今臣使楚，不當從此門入。」最後楚王落得自取其辱的下場，而晏子不僅因機智而贏得尊嚴，也因幽默而化解了一場可能發生的衝突。

有許多人都很在意自己的身高，無不想盡辦法讓自己多長高個幾公分，總之就是不希望「矮人一截」。我和老公都是「矮人族」，我150cm，他160cm，不過兩人站一起還挺配的。記得拍結婚照時，眾人見我們「嬌小玲瓏」的模樣，在一旁竊竊私語：「好可愛喔！」聽在我們兩個年紀不小的人耳裡，也不自主的相視一笑。有時別人想消遣一下我的身高，我答以：「雖不『高人一等』，可卻是『濃縮精華』的唷！」，而老公的回答更妙：「這樣才省布啊！」「矮人少，才稀奇嘛！」

身材矮小絲毫不影響我們的生活，偶爾被調侃，我們則幽默回應，大家都開心。

〈中國時報浮世繪　2004／12／15〉

充實內涵，善解人意

當初和老公結婚，他見多識廣的內涵是最讓我傾心的，我自知懂得不多，因此，在婚後經常利用閒暇之餘努力充實知識，為的是不想讓自己以繁雜的家庭瑣事為藉口，而停止追求新知的行動，讓自己無形中變成了黃臉婆。

我和老公家居時，常各捧一書，享受閱讀之樂，或看完同一本書之後，做一番心得的交換。我們可以天南地北的聊文學、藝術、政治、社會現象、教育問題……，過程中可能有見仁見智不同的看法，但我們都會很有雅量的尊重對方。所以，無形之中，夫妻之間在各種領域的認知上拉近了不少距離，在情感上更有了交流。如果是上班時間，我們也會透過電子郵件傳送新鮮事給對方，希望彼此在心靈上能獲得同步的成長。

宋朝李清照出生於一個愛好文學藝術的家庭，與太學生趙明誠結婚後，一同研究金石書畫，過著幸福美好的生活，他們的閨房之樂，在於學問方面的共同研究。從清朝沉復所著的《浮生六記》裡知道，其妻芸娘也是個愛好文學的可愛女子，夫妻共同品味文學之美，鶼鰈情深傳為佳話。宋朝蘇東坡對愛妾朝雲備極寵愛，除了因為朝雲溫婉賢淑之外，最大的原因就是她善解蘇東坡的心意。以「大學士一肚子的不合時宜」一語，讓東坡捧腹大笑，讚道：「知我者，唯有朝雲也。」

　　在這個知識爆炸、資訊發達的時代，要照顧好老公的心，我用充實內涵的方法，讓我們夫妻「言語有味」，並且做個趕得上時代潮流的人，不僅擺脫落伍思想，還讓夫妻感情甜甜蜜蜜。

〈聯合報健康版　2006／09／15〉

甜蜜的負荷

許多年前，在台北火車站的月台，看到一對老夫婦，老先生手裡拿著扁擔，老婆婆提著兩個袋子，看來似乎是一同賣完菜將要回家。

我看著他們兩人瘦小的身材，正努力想爬上月台，老先生動作較快，先上了月台，很自然的伸手去拉還在鐵道而未上月台的老婆婆，等兩人都上了月台，老先生臉上頓時露出滿意的笑容。這個畫面在我腦海中久久不曾磨滅。

前不久走在路上，迎面來了一對老夫婦，正手牽著手散步。同學問我：「老的時候，會不會和另一半也如此？」我說：「會呀！」因為牽手是人類表達情感最原始無聲的語言，所以，也將是最永恆的感覺。

每個週末的晚上，媽媽都會外出。等朋友到家附近來接她的這段時間，爸爸每次都陪媽媽出去，直到媽媽上車之後才回來。

前些天，媽媽述說著多年前的往事，說到他曾經在生大哥時得了一場重病，而且不省人事了好幾天。醒來後看到日夜不眠不休守候在病床旁的爸爸，身影已憔悴瘦弱了許多，媽媽為此而深深感動。

如今，子女都大了，各忙各的事業，沒有一個留在爸媽身邊。然而，是什麼力量使他們在老年的時候，仍能如此相敬如

賓且照顧對方呢？仔細一想，應該就是他們彼此之間有著深厚的「恩情」。

　　有許多朋友時常這麼問：男女為什麼要結婚呢？我想，他們是為了追求一份永恆的關愛，有時或許會感到沉重的壓力，但我相信這是「甜蜜的負荷」。

〈聯合報繽紛版　1995／09／24〉

當了媽媽以後才知道

「養兒方知父母恩」，雖是一句再熟悉也不過的話，但是，讓我真正如實體會，是在自己當了媽媽以後，並且以母奶哺育兒子。

結婚後，兒子在眾人的期待與祝福下誕生了，為了讓兒子有更健康的身體，我選擇以母奶來哺育他。有了哺乳的經驗，才讓我知道自己的母親有多麼偉大！只要曾經親自以母奶餵哺孩子的媽媽都知道：剛生完孩子之後的兩三天，乳房會腫脹難耐，必須使盡力氣按摩，使乳腺暢通才容易發乳，如果害怕疼痛不敢按摩，可能就無法使乳汁豐沛，而想用最好的母奶來哺育孩子的願望，也就不可能實現了。

一個女人若只經過生孩子的陣痛，並不足以體會當媽媽的辛勞，因為餵哺母乳才真是不容易。當乳汁豐沛時，必須把多餘的乳汁用擠奶器吸出，存放冰箱冷凍起來。有時在夜深人靜的夜半時分，有時在忙碌的上班期間，溢乳不僅令人難受也很不雅觀。

生下孩子之後，才發現睡眠永遠是不足夠的。喝母奶的孩子，尿尿便便特別多，白天每隔一兩小時就必須幫baby換尿片一次，半夜裡也是兩三小時就必須起身一次，或是餵奶，或是擠奶，抑或是換尿片，這些工作並不全是老公可以替代的。所以，比起餵孩子喝牛奶的媽媽，哺乳的媽媽真的蠻辛苦的。

　　我只生一個baby就已經嚐受哺乳之苦了，想像自己的母親在五十多年前，沒有擠奶器、防溢乳墊的時代，還要哺育六個孩子長大，每一個都是喝母奶直到一歲多，她每日要在溢乳的狀況下，操持農事及家務，想到這些辛苦的情景，我對母親真的好生敬佩，從此對母親孝順有加，以報答母親的養育之恩。

堅持耐心護「幼齒」

如果有人起問我：「全身上下最讓自己感到滿意的部分是哪裡？」我會毫不猶豫的回答：「牙齒。」因為我不僅擁有一口潔白整齊的牙齒，甚至還健康得連一顆蛀牙都沒有，因此完全無法體會蛀牙的朋友們，飽嚐要命的牙疼是什麼滋味。能有一口的好牙，其實打心底感謝老爸老媽的遺傳以及他們在我幼童時期的照顧。

根據報導指出：「嬰幼兒若有齲齒，將會影響智育的發展。」所以有了「擁有一口好牙很重要」的體認後，在得知自己懷孕的那一天起，便對孕育寶寶所需要的營養物質一項也不敢馬虎。於是除了努力補充有助於腦部發育的葉酸及胚胎細胞發展的蛋白質外，當然少不了幫助骨骼牙齒生長的鈣質。每天魚、肉、蛋、奶、黃綠色蔬果外，還要再加一片鈣質豐富的起司。

兒子在我們用心的孕育下，頭好壯壯的出生了。我理所當然給予他最好且最營養的母奶來餵哺，在奶水充足下，兒子顯然健康快樂的成長著。到了長牙時，門牙最先冒出頭來，我和老公每天都興奮地觀察著那幾顆小牙的變化。慢慢地他可以吃一些副食品了，我會煮一些排骨稀飯，外加起司攪拌在其中。差不多一歲左右，兒子的牙齒便長齊了。看著他一口整齊

潔白的牙齒，不由得一股欣喜安慰之情油然而生，辛苦真是沒有白費！

　　寶貝長了牙齒後，最重要的工作就是保健了。每晚睡前的刷牙是一點也不能嫌麻煩的，即使他只是個小baby。因為「奶瓶性齲齒」可是嬰幼兒蛀牙的元兇，不可不防範。想著：這一路走來，需要的就是為人父母者的一份堅持與耐心。

〈聯合報健康版　2005／05／11〉

有讚美，寶貝刷牙樂

　　從兒子七、八個月大長牙開始，我和老公就很關心他的牙齒健康。

　　有一次，兒子張開嘴巴時，讓我發現剛長出的新牙上有個小黑點，我們緊張得不得了，趕緊帶去看牙醫。醫生見著沒有經驗的父母，抱著個小嬰兒就醫，覺得很滑稽。待醫生拿起一把尖利的牙鉗，在兒子緊閉的唇邊移動時，我真害怕那會刺傷兒子細嫩脆弱的皮膚，兒子終於在哭鬧中，不小心張開了大嘴，醫生順利的用牙鉗檢查了一遍，發現沒有什麼小黑點啊！我和老公一臉錯愕，醫生也聳聳肩，覺得我們很好笑。原來那個小黑點只不過是菜渣而已。

　　有了那次烏龍事件之後，我們多了一份警惕：若不好好保養兒子的牙齒，後果一定不堪設想。所以開始每晚睡前都替他刷牙。首先準備一杯開水，兩支牙刷（其中一支是給兒子學刷牙用的），然後想盡辦法讓兒子張開金口，有時連哄帶騙，有時擠眉弄眼，有時得換換玩具，好用他的好奇心來轉移注意力。總之，每天都得花招百出就是了，但只要寶貝兒子能擁有一口健康又潔白的牙齒，我們再辛苦都是值得的。

　　在我們每天喊著：「張開嘴巴、伸出舌頭、刷上面、換下面」的口令中，不間斷的為兒子刷了近兩年的牙齒。在他

兩歲十個月時，睡前會很自動的坐在椅子上，讓我們為他刷牙，偶爾還會自己刷得有模有樣，當我們愈給他讚美，他就愈喜歡刷牙。

〈中國時報家庭男女　2005／03／12〉

童話，童畫

「s」個蘋果

兒子四歲大，正是好奇心強烈，向外界學習新事物的階段。舉凡阿拉伯數字、英文字母、還有自己的名字或簡單的國字，他都有著極大的興趣。

最近電視台有個英語教學節目──e4kids，是兒子的最愛。這個教學節目，主要為了偏遠及山區的小學生而製播，教材生動活潑，除了讓小朋友認識26個字母及發音之外，也會教授簡單的文法及句子，如：複數加「s」，否定用「not」……等。兒子知道一隻螞蟻是「ant」，兩隻螞蟻是「ants」。

有一天，我問兒子：「媽媽有一個蘋果，你也有一個蘋果，兩人加起來共有幾個蘋果？」兒子回答：「兩個。」我說：「乖！好聰明！」接著我又問：「媽媽有兩個蘋果，你也有兩個蘋果，兩人加起來共有幾個蘋果？」兒子毫不猶豫地回答：「s個」。

〈中國時報浮世繪　2005／05／25〉

責任不同

有一天，和四歲大的兒子正在看一個關於異國婚姻系列報導的節目，影片中介紹泰國籍的爸爸，因為媽媽外出上班，必

須在家照顧兒子，像是換尿布、洗澡、擠柳丁汁……等育兒的工作，爸爸駕輕就熟地一件件的完成。

坐在一旁的兒子，對影片中的小baby充滿好奇。此時，我心生一計，何不趁此機會對兒子機會教育了一下？我說：「小乖乖啊！媽嘛平常在家負責煮飯、煮菜，還有洗衣服，爸拔負責掃地、拖地、倒垃圾。那你負責做什麼呀？」兒子不假思索地說：「我負責過幸福快樂的日子。」

〈中國時報浮世繪　2005／07／04〉

有沒有輻射線？

五歲的兒子在看電視時，總是喜歡靠近銀幕，我們都要不厭其煩地阻止，告訴他電視銀幕的輻射線會影響視力及健康，但是他還是常常無法達到我們的要求——遠離電視，最後只有關機一途了。

有一天，我們正興高彩烈看著用數位相機

美麗的春天，有一場「春天演唱會」，台上歌手賣力演唱，牛和毛毛蟲都來共襄盛舉，可是壯碩的乳牛卻不經意地踩了小毛毛蟲一腳，毛毛蟲「啊！」慘叫一聲（怎麼這麼衰）。（稔中幼稚園大班時作品）

拍攝的影片，看著看著，他突然語調上揚地指著數位相機問：
「媽媽，這有沒有輻射線？」我一邊被他突如其來的提問與
舉動逗笑得東倒西歪之際，一邊說：「沒有！」結果，他便
肆無忌憚地將眼睛貼在數位相機上，目不轉睛看個夠，好像沒
有輻射線是賺到的一樣。

　　「Oh my god！」有這樣搞笑的兒子，我們每天都可以開
開心心。

〈人間福報家庭版　2007／01／04〉

「鳥、島、烏」不分

　　趁著週末假日，帶唸中班的
兒子搭捷運到淡水一日遊。到了淡
水老街，沿途小吃、美食吸引著我
們，不禁讓我們食指大動，而我們
真的三步一小吃、五步一大喝。

　　到了一家冷飲店，兒子看
著牆上的價目表，毫不猶豫地大
聲點了一杯「島梅汁」，我一聽
「倒霉汁」，腦中閃過所有記
憶，哪有什麼「倒霉」的飲料？
一抬頭看牆上，才知道兒子要的
是「烏梅汁」。

機器人腦內的零件。（唸中
幼稚園大班時隨手塗鴉）

　　當時的我，臉上真是有三條線啊！心想老闆一定很不高興，有人說他們賣的飲料是「倒霉汁」，連忙糾正兒子是「烏」梅汁啦！不是「島」梅汁。

　　另有一天，我們又帶兒子出遊，來到一家簡餐咖啡廳，正在看著菜單點餐之際，兒子又語出驚人地脫口而出他要一杯：「鳥籠茶」，逗得四座人仰馬翻、哈哈大笑。

　　我有一兒，「鳥、島、烏」不分，真不知該喜抑或該悲？

讓我歡喜讓我憂

兒子三歲半，小腦袋瓜精得很，時常被他的機靈反應，逗得既好氣又好笑。尤其是在他已經認識了阿拉伯數字、英文字母及少許的國字以後，要矇騙他已經不是件容易的事了。

一天，我在廚房裡作菜，兒子跑進來翻找冰箱，看看有無好吃的東西。正在我忙得不可開交之際，還來不及阻止他開冰箱時，已經被他發現了一瓶「仙草蜜」。因為平常我們就有禁止他喝含糖飲料的習慣，於是心生一計，騙他說是：「醬油。」他一臉疑惑，不死心地提出疑點：「醬油兩個字，這裡有三個字。不是醬油啦！」我連忙改口說：「是鹹醬油！」他一聽的確是三個字後，才乖乖的繳回「獵物」，失望地跑回客廳看電視。

不過，也不是每回都這麼順利的把他哄騙過去的。那天，帶他去大賣場購物，他又看到喜歡的糖果了，一知半解地向我探詢貨架上的東西：「媽媽，那是什麼？」我隨便騙他：「蟑螂藥啦！」他繼續提出疑問說：「是口香糖啦！上面明明寫著 Extra 呀！怎麼是蟑螂藥？不管啦！不管啦！我要買，我要

稔中戴柚子帽。

買。」不管三七二十一的就在大賣場裡哭鬧了起來，被他的哭鬧一吵，我只好乖乖破功投降了。

還有一次，帶他到便利商店，他高興的選了個巧克力，走在回家的路上，露出得意的笑容說：「媽媽！我最喜歡吃甜的了，呵呵！巧克力很甜嗎？」我敷衍了事地說：「may be。」他竟然正經八百地回答：「may be就是可能，我媽也會may be耶！」我一聽差點笑翻了，原來兒子把我看扁了。

稔中跳草裙舞。

有時我懶得做的事情，像丟個垃圾、拿個拖鞋啦！想叫兒子代勞一下，他若不想幫忙時，還會回答我們：「no way！」真是氣炸我也！養兒如此，真不知該哭還是該笑？

「雞」不擇食

　　五歲的兒子最近喜歡到隔壁阿嬤家的雞舍去餵雞，他先是將阿嬤挑剩的蕃薯葉拿去餵，雞吃得很開心，兒子就越餵越起勁，乾脆隨手將路邊的雜草甚至粗糙的芭樂葉也採摘下來餵雞吃，發現雞竟然不挑嘴，一口接一口全都吃下去了。我突發奇想：雞既然這麼愛吃綠色的植物，那雞舍旁邊正好長著一叢竹子，何不採幾片竹葉來試試，看看牠是不是連竹葉也吃呢？結果一樣吃得津津有味。心裡想著：是不是隔壁的阿嬤都沒有餵雞呀？不然，雞怎麼會如此「飢」不擇食呢？

　　正在兒子玩得開心之際，我又要「年幼無知」的兒子來做個「雞是不是色盲」的實驗，請他將自己稚嫩的小手伸進雞欄裡，看看雞是否會來啄？如果不啄，表示雞分得清顏色，不是色盲。第一次，兒子像個初生之犢，毫不畏懼伸出小指頭，雞果然沒有採取任何行動，正在得意於雞沒有來啄他之際，我要他再試一次。當他再次以更勇敢的姿態伸出小手時，雞卻毫不客氣的朝他猛力一啄，嚇得兒子立刻縮回小手，哇哇大哭了起來，我知道事態嚴重了，趕緊帶著被我「陷害」而「身心受傷」的兒子離開雞舍。

　　兒子有了那次被雞啄食的經驗之後，現在經過雞舍可是避之為恐不及，也不敢再餵雞吃任何難以下嚥的樹葉了，以免又遭到雞的報復。不過，幸好有兒子那次餵雞的經驗，讓我去思

考了一些問題。雞真有色盲嗎？又雞真是「『飢』不擇食」抑或是「『雞』不擇食」？結果我在一本書上找到了答案。

在洪蘭女士與曾志朗先生合著的《見人見智》一書裡，提到一個專家研究的數據：

> 「人類的味蕾，大約二千至五千個，分布於口腔、喉嚨和舌頭邊緣上，而我們的味覺和嗅覺有很大的關係，所以假如重傷風感冒鼻塞，就會食不知味。動物中，雞的味蕾最少，只有二十四個，所以雞最不挑食，隨便餵牠吃什麼牠都不在意。鯰魚的味覺神經細胞最多，有十七萬五千個，大多數在身體外面，牠不必張嘴就知道哪個東西好不好吃，不像我們人類得去試吃才知道。」

哇～！當我閱讀到這個資訊時，如獲至寶，心中為之震撼，有原來如此之嘆。對於兒子餵食雞吃任何東西都來者不拒，終於找到了解答，感到快樂無比。

〈國語日報家庭版　2006／12／16〉

愛的調味料

　　有鑑於年紀愈來愈接近不惑之年，身體與肌膚已不再像少女十五、二十時一樣健康白皙了，為了防患於未然，不使身體機能加速衰老，我到社區大學去選了一門既簡單又有效的美容刮痧課程，準備調理已經許久沒有好好愛它一下的身體，順便也學習一套自助且助人的保健方法。

　　美容刮痧的大前提，先要對身體的經絡有所認識，知道身體五官、五主、五臟、六腑各部位的關聯性，因為臉部及身體的外在表現，常能反映體內臟器的症狀。有時觀察臉部的粉刺及痘痘或黑斑，便能略知身體何處已出現問題，讓我們可以提前得到警訊，去做進一步的預防或追蹤治療。又或者身體某個部位出現酸痛現象時，也可以預知體內對應的哪一個臟器出了毛病。此時，我們除了可以看醫生找出病因之外，還可以利用美容刮痧來輔助按摩身體，以減緩症狀，甚至還可以利用這種沒有副作用的自我治療法，達到回復健康的目的。

　　有時身體只是工作過後短暫的疲勞，或只是睡眠不足所造成的精神不繼，還不到看醫生的地步，我們便可以在家裡，先將身體放輕鬆，配合播著一段輕柔的音樂，再用調理過的按摩精油塗抹於頭、手、身體或足部等皮膚上加以按摩，經過一番輕撫按壓之後，還真的舒緩了不少疲勞。當家人也有類似的症狀時，我們更可以學以致用，幫助他們消除身體的疲勞及心理

的壓力，將家人之間的情誼拉進了一大步，是增進家庭樂趣很不錯的催化劑喔！

　　通常，在晚上大家都洗完澡之後，我會幫五歲的兒子來個手、腳及身體的SPA，透過這樣一個親子互動的時間，我很自然的一邊說著故事或一邊告訴他做人處事的道理，而他處在如此靜止安定的狀態下，感覺十分舒服平靜，可以在這樣的時刻與他做良好的溝通，所以多半能夠把我的話聽進去，因此，兒子懂事了不少。另外，也因時常給他做這樣的按摩動作，讓他精神與身體感覺都不錯，少有感冒生病的狀況。還有，最重要的是他每天晚上都能睡個香甜的好覺，第二天醒來又是生龍活虎開心一整天。

　　除了，兒子可以享受到媽媽給他的愛之外，其他家人我也會不定時的幫他們來個輕鬆舒服的SPA。所以，刮痧按摩的確為家人親情添加了不少愛的調味料，值得大家也來試一試。

〈國語日報家庭版　2006／06／25〉

海陸便捷一日遊

　　2007年初，高鐵終於在大家千呼萬喚中通車了。老公可興奮了，忍受排隊、擁擠、等候之苦，幫一家人買了來回票，讓沒有搭乘過新幹線的我們享受風馳電掣的感覺，體驗一下速度感並見證歷史性的一刻。

　　高鐵通車第三天，我們從桃園青埔站搭到板橋站，雖然在車上的時間只有十四分鐘，但不減損我們體驗高鐵的樂趣，因為到了板橋，我們再搭捷運到淡水一日遊，開心極了！以前如果從桃園要到淡水，得自己開車，繞來繞去經過兩、三個小時終於到達目的地。但是，假日的淡水，停車是一大困擾，常常讓我們乘興而去敗興而返，總是無法盡興。

　　那天，我和婆婆、老公、兒子，懷著喜悅之情提早到了車站，高雅寬敞的空間的確令人感覺舒適，東看看西瞧瞧，看完了車站大廳的硬體設備，都不約而同發出讚嘆之聲，看來台灣高鐵是有國際水準的，臨上車前還不忘到服務台去蓋個紀念戳章。我們依時間順利搭上高鐵，一路上四個人就像「劉姥姥進大觀園」一樣，既好奇又雀躍！

　　下了車，我們還不忘被電視媒體拍攝一下，上個電視過過癮。接著，我們就在板橋站搭捷運到淡水去，悠哉悠哉的享受小鎮藝術之美、童玩之樂與品嚐各式小吃美食。逛完了淡水老

街，再到碼頭搭渡輪乘風破浪往對岸的八里前進，騎上單車來一趟左岸之旅，好快樂的假期啊！

　　大概下午三點多，我們回到板橋，準備搭高鐵回桃園，因為回程車票一直放在老公的口袋裡，只有早上出發前稍微瞄一下，竟誤把到達桃園的時間當成是發車時間，等我們要搭車時，才發現車子已經走了，當場在月台入口處傻了眼，緊張地問站務人員怎麼辦？還好，還好，我們的憂慮沒有持續多久，試乘期間可通融搭下個班次，不過卻要再等一小時。我們便利用這個意外的空檔，到台北縣政府演藝廳欣賞一場不錯的表演，雖然有點塞翁失馬之感，但焉知非福呢？第一次搭高鐵果真是充滿了驚奇與意外！

〈中國時報浮世繪　2007／02／06〉

輯三

心靈觸發

走過悲傷

　　小哥在十六年前的夏天，以三十歲的英挺俊秀，消逝在遙遠的國度──印尼。當他離開人世時，沒有親人在身旁，後來在眾人盡力的協助之下，才找到他已寒的屍骨，在七七四十九天前夕把他帶回家。

　　我和三個姊姊到機場接他，沒有別人接機時的歡喜盼望，只有鬱鬱愁容。見到大哥手捧著不重的他───一罈骨灰，大家的淚水早已在機場大廳裡潰堤，我伸手摸摸骨罈外有些皺摺的照片，原來這就是我迎接他回國的方式。

　　六個兄弟姊妹中，我與小哥年齡最相近。小時候，他曾費力的推我爬上鐵皮屋頂玩，被媽媽發現時，他一溜煙跑了，留下無知的我。小學第一天上學，他把我帶進教室後，我害怕的哭了起來。再大一點，我們為了爭食糖果而大打出手，不自量力的我，總是忘記他的拳頭比我大。在他服兵役時，我正念高中，都不住在家裡，我們寫信叮嚀彼此要常回家看看孤單的雙親。大學聯考他來陪考，為我準備茶水便當，每考完一個科目，有他在場外迎接並加油打氣。等他就業後，常騎著摩托車載我遊遍各地風景名勝。

　　在小哥往生後的幾個月裡，家中氣氛一片愁雲慘霧，我和媽媽坐在客廳裡，說著說著兩人都一把眼淚一把鼻涕。如果電

視新聞播報一些死傷災難的事件，我們更是一同哭泣，因為我們都有著相同的悲痛。而父親總是呆坐半天不發一語，像是把所有悲傷往肚裡吞。更有一段時間，我盡選一些感傷的電影，每每獨自一人淚灑戲院，好像那樣才可以讓我療傷止痛一般。而夜裡夢中小哥的影像，總是模糊且稍縱即逝，根本無法從中知曉任何訊息。

小哥的英年早逝，在我們那個純樸寧靜的鄉下，引發過眾人紛紛的議論。家人心中也曾有過怨恨，我們無法接受這樣不幸的事情會降臨在我們家，會落在一個平凡安靜的鄉村。我們在叫天天不應、喚地地不靈之下，最後只有求助於神佛。佛說：「小哥是個苦菩薩，他把家人的苦難都帶走，讓這個家從此可以平順。」這樣的說詞雖然無法解除家人的悲傷，但似乎稍稍為我們心中的恨意找到了出口。

這些年來，世界各地不知發生了多少慘絕人寰的災難。像是名古屋空難、千島湖事件、九二一大地震、九一一恐怖攻擊，還有許多不為人知的死亡事件……等，哪一個事件不是造成許多家庭的破碎。仔細想一想，那些人們也和我們家一樣，在親人猝逝的傷痛中度日，也在學習如何面對親人離世的事實，進而去做更積極、更有意義的事情。

看著「蘇西的世界」這本小說，我腦海裡浮現的都是當年突然離我們而去的小哥。因為他的死始終是個謎，令家人至今仍無法釋懷，每一想起，總有無限的感傷。好不容易，這些年來，時間已將悲傷沖淡了不少，但一直以來，我有一個想法，

就是到小哥去過的地方，找點蛛絲馬跡的線索，可是……談何容易？也許要知道真相，必須等我也上了天堂吧！

書中有一段文字這麼寫道：

> 「我的死引發了這些改變，有些改變平淡無奇，有些改變的代價相當高昂，但我過世之後所發生的每件事情，幾乎件件具有特殊的意義。這些年來，他們所經歷的一切，就像綿延伸展的美麗骨幹一樣，把大家緊密的結合在一起。沒有我，他們依然可以活得很好，我終於開始認清這一點。我的死或許讓他們的生活失序，但假以時日，生命終將長出新的骨幹，在不可知的未來，他們一定能重拾圓滿的生活。我現在終於知道，我的性命造就了這樣神奇的生命循環。」

當我手捧香爐，一路送他，除了流著不曾停止的淚水外，心中堅定的告訴自己，要代替他好好盡孝道，不僅要做父母的女兒，更要做他們的兒子。為了排解爸媽的喪子之痛，我陪他們談天說地，開車載他們四處爬山健行，並參加國內外的旅遊，我看到他們笑了、開心了。在經濟上，我把他那一份加上去，一並孝敬了父母。

小哥離開後的這些年，的確在家人之間起了一些變化。兄弟姊妹比以前更團結在一起。當父母親生病住院時，五個兄弟姊妹加上媳婦、女婿輪流照顧，即使大家工作再忙再累，沒有

人推卸。大哥是家中唯一的兒子了，許多事情都要由他一肩扛起，我常看得不忍心，總是想辦法幫他，因此我成了他有事時商量的最佳對象。姊妹們雖然已是嫁出去的女兒，但大家總是努力的盡到照顧父母的責任，不管是在精神上或物質上，所以父母只要跟親友提起幾個子女時，都感到十分滿足與安慰。之所以這麼做，也許真是小哥給我們的課題，就是希望人生在世時，要珍惜擁有，人一旦走了，想要做再多的事情都是枉然，尤其孝順更要及時。

「蘇西的世界」這本小說，可以是許多失去親人的人們療傷止痛的一帖良藥。想像著天堂裡也像人間一樣，有親朋好友彼此照應，似乎悲傷可以少一點。想像著天堂裡可以來去自

桃園文化中心接受頒獎。

如，沒有人間的危機四伏，也令人放心不少。又想像著天堂裡看得到凡間所有的人、事、物，告訴人們壞事不可為，否則先人看在眼裡，可是會很難過的。我想小哥在天之靈，一定也希望看到大家和樂又平安，不要再對那些與他的死有關的人懷著恨意了，一切都放下吧！唯有放下，才能解脫，才能心靈平靜，才能獲得福報。因為我們已經失去了摯愛的親人，還能不趕緊珍惜週遭的人、事、物，把愛散播出去，將小愛變成大愛嗎？

聖經上有兩句話說得好：「喜樂的心乃是良藥，憂傷的靈使骨枯乾。」如果常常心情鬱悶，天天掉眼淚，悲傷也不會離我們而去，不如換個角度想，或許很快就有「柳暗花明又一村」的境遇。我們還常看到許多人，犧牲奉獻去做義工，無怨無悔，或許他們也曾有過那麼一個親人，倉促的走了，痛苦的離開了，所以在生離死別的痛楚中頓悟了，將哀傷昇華為如諸佛菩薩們的普渡眾生，成就了人世間許多傳為美談的好人好事。願我們都能藉著「蘇西的世界」這本小說的閱讀，得到心靈的沉澱，服務眾人的喜悅，進而達到生命的圓滿。

〈桃園縣「一書一桃園」閱讀心得徵文大專社會組第三名　2004／12／15〉

戀戀舊家

　　搬離那個讓我生活了二十幾年的家，不是因為我們的房子舊了或是賣了，而是因為山村僻靜、交通不便，鄰居陸陸續續搬家，最後只剩我們家。

　　小時候，那裡住著七、八戶，所有的孩子加起來也有二、三十個，一點都不覺寂寞冷清。但是隨著時光流轉，孩子一個個長大，到外地求學、上班或成家。從前的熱鬧盛況不再了，雞犬相聞之聲也不見了，即使那兒有著綠樹濃蔭蔽天、鳥語花香、空氣清新、……等多項得天獨厚的居家條件，但是除了假日之外，卻安靜得令人害怕。母親面對著「空山不見人」的景況，心中時常懷著恐懼，再加上小哥也到了適婚年齡，另覓一處新家是必然的。

　　我們終於在幾個搬家條件成熟之下，找了一個距離舊家不遠但交通便捷的新家，解決了母親恐懼孤寂的問題。而小哥的姻緣，似乎並沒有因為我們找到一個新居而變得比較順利，反而發生令人意外的事。正在新家還在興建之時，小哥竟因為出國旅遊而客死異鄉。當那晴天霹靂的噩耗傳來，教我們原本平靜的生活掀起了滔天巨浪，所有家人未來的人生規劃也在一夕之間改變了方向。

　　有小哥突然辭世的陰影，搬家對我們來說，已經失去了喜悅之情，經過兩三年，我們才真正住進新家。然而，我們對於

舊家有一份濃得化不開的情感，那裡有著父母兄弟姐妹八個人幾十年生活的回憶。尤其在失去小哥之後，只有在那間舊房子裡，才能找回我們與小哥昔日相處的點點滴滴。失去兒子的父親對那個家更是不捨，他幾乎每一天都回去，十一、二年如一日，直到他生病不能行走為止。

　　新家雖然帶給我們方便與熱鬧，但我們仍然懷念舊家的寧靜與美好。所以，週末假日我們會回去那兒種菜、採果、挖竹筍，享受田園之樂。當然，最重要的還是那份無法從記憶中消逝的依戀。

力行簡約，輕鬆搬家

從唸高中起，我便開始過著寄人籬下、四處為家的生活，搬家次數不下十回，直到結婚，才算安定了下來。

高中三年，因為負笈他鄉，所以租屋於學校附近。十六、七歲便獨立自主了起來，三年換了三個房東。我深知搬家的辛苦，所以一定堅守隨身物品精簡原則。那時搬家，我只用一部腳踏車就搞定了。

上了大學，校內宿舍當然是我住的首選，不僅費用便宜，還可以約束自己不買太多雜物，以便將來搬家方便。四年下來，雖然也換了四個住處，但都難不了我，搬家總是輕輕鬆鬆，不須勞師動眾。

大學畢業後，因為教職工作地點的時常變動，先後住過教職員宿舍、公寓，也租賃過套房，但不論搬到哪兒，我總是一派輕鬆模樣，不為搬家所苦。

結婚後，住進夫家，我仍只拎了個簡簡單單的大皮箱，像是出國旅行一般，老公沒有因為我少了許多女性愛美的行頭而嫌棄，反而對我素有儉樸習慣而讚美有加。其實，老公和我一樣愛簡單，所以對於居家生活我們有共同的默契，少有因為家中擺設普通或家用物品老舊而有意見相左的。

未來，也許我們還要再搬家，我想我們依然會秉持儉約原則，可以來去自如，不為許多有形的物質所牽絆。

心靜自然涼

　　炎炎夏日，室內高溫如置身蒸籠裡，而室外艷陽下又如火中燒，的確讓人有無處藏身之感，解決之道，除非整天泡在冷泉之中或是躲在冷氣房裡，否則是無法消暑降溫的。但誰能鎮日無所事事泡冷泉或置身冷氣房中呢？況且冷氣吹多了，人的身體會降低免疫力，容易讓百病悄悄地上身，實在不是個消暑的好方法。

　　我的消暑良方很簡單又方便，不用花大錢，也不假外求，只要「心靜自然涼」。再也沒有一個外在的力量，比內心寧靜對消暑來得有效果。只要覺得熱時就告訴自己：「靜下心來！靜下心來！」真的很快就可以覺得不熱。其實感到熱的時候，多做一些靜態的活動是很有用的，像是寫寫書法、做做手工藝、畫畫、閱讀、聽點輕音樂，都能幫助自己不再心浮氣躁。

　　記憶中，我有好多的作品，都是在漫長且炎熱的夏日裡完成的，我覺得自己有點梅花精神「越冷越開花」耶！不過我是「越熱越沉靜」啦！我還可以在夏天織毛背心呢！最近愛上寫書法，可以昏天黑地的寫上一整天，管他室內、室外溫度三十幾度，只要一台小電扇，我便能度過一整個夏天。

　　我耐熱的程度，之所以堪與南極企鵝耐寒的程度相媲美，可能是從小養成的。因為生長在農家，六月天也得上

山、下田工作，哪能像現在的年輕人那麼好命，還在家裡吹冷氣打電玩？現在年紀有一點了，也事過境遷了，對於小時候的磨鍊，真的不曾抱怨，還衷心感激父母給我那樣清苦的環境呢！如今，已不用在艷陽高照下，像農夫一樣上山、下田的工作了，只是在家裡寫寫字、讀讀書，我還有什麼不滿足的？

沒有手機的「怪咖」

鄰居家有個兒子唸大學，假日回家度假，週日晚上便回學校去了，不料忘了把手機帶在身上。星期一傍晚，從門口瞧見他匆匆忙忙騎著摩托車，冒著車來車往的危險回家拿手機。這樣的舉動，讓我回憶起自己學生時代的往事。

記得，第一次拿起話筒打電話是國二的事，而且是使用公用電話約同學到學校做教室佈置。當時拿著話筒，聽到奇妙的聲音傳來，心中竟有一股緊張與恐懼之感，半天說不出話來。家裡的電話，一直要到唸高三時才裝設好。在電話還未裝設之前，每當週末假期的來臨，要從新竹回家，只能自己坐公車，然後爬一段山路，出發前與路途中是根本無法告知父母親我何時到家的，當然也不能聯絡爸爸到車站來接我，父母親只能眼巴巴的倚門而望。相較於現在手機的普遍，當時的人們可真是活得好辛苦啊！

現在沒有手機的人，大概除了不識字的兒童與老人外，已經是非常稀罕了。我是個識字且年紀不小、不老的上班族，卻沒有使用手機，大家一定十分疑惑：沒有手機怎麼度日？可是，我真的就不靠手機，也過得逍遙自在。

我的工作性質不是業務員，也不是需要經常使用電話者，上班時間，只要打電話至辦公室找我就行啦！再者，我是個很戀家的人，下班後又不喜交際應酬，打電話到家裡隨時可以找

到我，所以，擁有手機對我而言作用不大。其實，不用手機最大的好處，就是可以省下一筆開銷，雖說金額可能不多，但積少成多，也就變得可觀了。還有，不必為了要等待接聽誰的電話而心神不寧，更不用擔憂電磁波的干擾，也不必為了追求手機的流行而疲於奔命。

　　我想：人類的生活其實可以過得很簡單，越是簡單越容易對生活感到滿足與快樂。

我的第一份薪水

小時候家境不好，為了分擔家濟，總會想辦法打工，通常是幫鄰居「剪茶」。因為家附近一帶是丘陵地，適合種茶，農忙季節，家家戶戶全家大小都要上山「剪茶」。為了替家裡多賺點錢，在忙完自家茶園的採收工作之後，會到人手較少的鄰居家去「幫忙」，而賺到的錢當然全數交給媽媽，從來無法自己擁有。

一直到了小學五年級的暑假，我才有了屬於自己的第一份薪水。那個暑假我和兩個堂姐一起去一家傢俱木材工廠打工。每天一早，三個人騎著兩部腳踏車到離家六、七公里遠的工廠「上班」。工作內容是把半成品的桌椅「刷光」，也就是將木頭粗糙的表面用砂紙磨光。我向來做事仔細又認真，做得快又好，深得大家的稱讚，連廠長也發現了我的努力，最後發薪水時多給了我一百元作為獎勵，這是兩個堂姐都沒有的。

記得，當時是按天數計酬，我一共工作四十天，每天八十元，再加上一百元的「考績獎金」，總共實得三千三百元。以前賺了錢都交給媽媽，終於可以全權由自己來支配，真是樂開懷！我用這一筆不算少的錢（在當時來說），買了兩樣很實用的東西，分別是一部全新的腳踏車和一支漂亮的手錶，擁有這兩樣東西，使我的生活方便了不少。

　　能夠用自己辛苦賺來的錢買喜歡的東西，真正體會「先苦後甘」的道理，當然也因為小時候的磨鍊，使得往後遇到家中經濟拮据時，我都能體諒父母的苦衷，儘量用自己的能力，四處打工完成學業。

〈中國時報浮世繪　2006／03／03〉

當時超尷尬

　　考上大學的那一年暑假，我去一家紡織工廠上班，因為工廠地處偏僻，坐一趟公車之後，還要再步行二、三十分鐘才能到達。平常路上來往的人車不多，我安步當車，不以為苦。

　　一天，午後三點多，正要趕著上四點的班。我一如往常行走在荒僻的路上，走著走著，兩排黑壓壓行軍的阿兵哥，從路兩旁迎面而來，愈走愈近，正在我不知該走路邊還是路中央時，他們已經從我身旁經過。兩排彷彿萬里長城望不到盡頭的隊伍，將我毫無理由地擠到了路中央，任由他們用複雜的眼神對我品頭論足，我彆扭踟躕得無處可逃。

　　當時少女十五、二十時的我，低著頭用眼角餘光瞄著綿延的隊伍，早已害羞得雙頰緋紅、耳根發燙，而那些阿兵哥還此起彼落吆喝，故意打趣跟我招呼：「哈囉！小姐妳好！」、「小姐！一個人要去哪裡？」、「嗨！小姐好漂亮！」……，耳邊還不時響起陣陣口哨聲，他們越是熱情的招呼，越是使得原本就手足無措的我，更是心跳加速得厲害，恨不能登時就挖個地洞鑽下去。當時，真的超尷尬的啦！

廠長開恩一笑

小學五年級的暑假，到一家工廠打工，廠裡的員工不是歐吉桑，就是歐巴桑，還有就是我們幾個童工。

有一天，我被指派到廠內的芭樂樹下掃落葉，同部門的歐巴桑便半開玩笑地交代：「等一下掃完地，不要忘了帶幾個芭樂回來給大家吃呀！」

等我掃呀掃！掃得差不多時，見四下無人，快速地舉起掃把，使勁地敲呀敲！才敲了兩下，半個芭樂都還沒摘到，便從眼角的餘光，見廠長在屋角出現，投我以嚴肅的眼神說：「等一會兒到辦公室來一趟！」心想這下糟了，偷雞不著還要蝕把米，一定會被罵得狗血淋頭。

帶著忐忑不安的心走進辦公室，怯怯地準備聽訓，沒想到廠長嚴肅的臉上竟露出微微的一笑說：「會計小姐正忙著寫出貨標籤，妳字寫得不錯，請妳幫忙寫一下。」聽完心中響起欣喜的掌聲。

事隔已三十多年，工廠裡的歐吉桑、歐巴桑全都像過眼雲煙，消逝在我記憶的版圖，唯有廠長微微的一笑，長留我心。

都是電視惹的禍

　　七〇年代初期，在我孩提時代，家裡窮，沒錢買電視機，常在夜裡打著燈籠，到山下鄰居家看電視。後來，叔叔家趕上流行，好不容易買了一台電視，每到電視台播出節目時間，總是萬人空巷，左鄰右舍全都擠到叔叔家去。當然，我們家除了爸爸去工作之外，也全都到叔叔家報到了。

　　電視機的魅力凡人無法擋，即使廢寢忘食也在所不辭。當時，我一邊看著電視，肚子就一邊餓了起來，媽媽也為了多看電視，隨便差遣三姊回家盛一碗飯到叔叔家給我吃，三姊一心只想趕快回來，便胡亂拿了個磁碗盛飯遞給我。坐在高腳圓凳子上的我，雙腳夠不著地，還懸在半空中盪呀盪的，眼睛直盯著電視，早已忘了手上拿的是一只磁碗，一不留神，手一打滑，磁碗掉到地上，碎了，我一急，頭跟著倒栽下去。頓時，額頭劃破了一道長長的裂痕，血流如注，驚嚇著所有專注看電視的眾人，媽媽更是嚇呆了，把我的頭用布一包，背起我，往外衝。

　　經過一段山路的跋涉，終於坐上公車，到了鎮上唯一的一家診所。醫生、護士一時兵荒馬亂，我躺在病床上，像待宰的羔羊，不！根本就是。那道裂痕起碼五公分以上，竟然沒有使用麻醉劑，我的額頭可是紮紮實實的用一針一線縫起來的，我慘叫，我嚎啕大哭，我使盡力氣拼命掙扎，都沒有用，五、六

個大人將我「五花大綁」，緊緊抓住我不聽使喚的手腳，我無處可逃脫，只是待宰的羔羊，那痛是天崩地裂，是驚濤駭浪，最後整個病床也因我的用力掙扎、哭喊而被淚水、汗水甚至是尿水給淹沒了。

　　左額上的疤像一道拉鍊，至今清晰可見，而那一段求醫的記憶當然也永銘腦海。在那個家境不寬裕、醫藥不普及的年代，為了看電視我可付出了不小的代價啊！

處處留心皆學問

讀著李淳陽先生的《昆蟲記》，心中有很深的感動，還有更多的親切感，因為自己從小就在山林之中長大，每天都以植物、動物、昆蟲為友，總是把植物、動物、昆蟲當玩具，讓我很自然地觀察到許多自然界生物的變化，所以很能體會「好鳥枝頭亦朋友，落花水面皆文章」的意涵，只是當時我只知其然並不了解其所以然。直到看了李淳陽先生的《昆蟲記》一書之後，發現他將身邊微不足道的昆蟲做了許多追蹤觀察的研究，才有了恍然大悟之慨，原來，昆蟲的避敵、偽裝、假死、共生都有牠們的道理，對於李淳陽先生那種「化腐朽為神奇」的精神，油然升起敬佩之情。

就在我看到李淳陽先生書上描述黃面蜂為了延續生命而不辭辛勞抓蟲築巢的時候，窗外曬衣服的竹竿上正停著一隻在咬囓堅硬竹竿準備築巢的黃面蜂，我走近距離靜靜地觀察，發現我也像作者一樣被眼前這隻蜂的毅力與勇氣感動了，為了下一代，牠們吃再多的苦，花再多的時間，也可以忍受生命隨時被威脅的危險，努力覓食並建立一個安全的育嬰巢，那份愛真是無與倫比！而湊巧的是，我家的院子裡也長著一叢朱槿花，翻開綠色捲曲的葉苞，裡面正孕育著一條條的捲葉蟲。於是，我又再次發揮研究精神，將葉子摘下仔細一瞧，發現真的有像作者提到，為了方便捲葉築巢的L形咬痕，我真是喜出望外得比

發現新大陸還要興奮。原來我早已與這些昆蟲共同食息於天地之間很久了，只是我從來沒有仔細觀察並用心體會罷了，而且從來不知這兩者之間食物鏈的關係是如此密切。

反觀我們人類為了下一代，有些為人父母者並不一定可以做那麼多的犧牲與奉獻，甚至連最起碼的溫飽與免於恐懼的環境都沒有辦法給予自己的親骨肉。最可怕的是，有的父母竟用殘忍的手段傷害自己的子女，或者不計後果地破壞他們生存的環境，沒有顧慮下一代生活的品質已每況愈下，仍在無形之中繼續做破壞環境與戕害心靈的殺手，難道我們要自詡為萬物之靈的人類連一隻昆蟲都不如嗎？蠼螋為了保護其蟲卵都會不辭勞苦，將一顆顆蟲卵從太陽底下移至陰暗處，又為了照顧幼蟲可以無微不至的在一旁護衛。負子蟲則乾脆把蟲卵背在背上，直到蟲卵孵出才算責任完了。看了昆蟲們為了哺育後代所做出的努力與付出，那些沒有盡到愛護與關懷子女責任的父母真的要自慚形穢了。

我們都知道：過度開發對於生態平衡是一大威脅。二、三十年前在我生長的山林，家家戶戶為了養家活口，開墾貧瘠的山坡地種滿茶樹，土地上施肥、灑農藥的情形嚴重，造成許多生物的死亡與絕跡。我曾經目睹一場大雨過後，池塘裡的魚全都翻起了魚肚白，原來是農藥被大雨沖刷流進了池塘，水裡的魚當然全部遭殃。還有，土地的過度開發，許多的鳥類、昆蟲、動物的棲息地因為沒有了掩蔽，也都消聲匿跡了。大約十多年前，茶葉的價格不好，早期靠種茶維生的父執輩們年齡也

大了，紛紛棄守茶園，任由那片曾經養活一家子的茶山荒廢，結果竟意外的讓許多野生動植物有了自由自在生活的空間。最近我就曾短距離的看過大冠鷲高踞枝頭的雄姿，也在春暖花開的季節，聽到數不清究竟有多少種鳥類的叫聲如交響樂般的大合奏此起彼落，那樣的天籟之音，是好久好久都沒有的享受了。

「人類要破壞大自然的生態往往不費吹灰之力，但想還原，卻必須付出千百倍的代價還不一定成功。」這是一位從事保育工作的人士曾經說過的話。的確如此，小時候我看過成群的老鷹，從復興鄉山區往六福村野生動物園方向飛掠而去覓食，但不久之後，卻突然不見「鷹蹤」，在我小小腦袋的猜測下，牠們應該是在覓食的過程中遭到了人為的傷害，大量的死亡必定為生態平衡造成某種程度的影響。還有，在我小學畢業的那年暑假，因為閒來無事，便時常拿著一個捕蝶網，跑到池塘邊所植的一排樹下捉蝴蝶，開滿花的樹上常吸引無數的蝴蝶蜜蜂採食花蜜，我見到五顏六色的美麗蝴蝶在花間飛舞，便心生「邪念」，張起網羅將蝴蝶一隻隻的捕捉下來，親手殺了牠們，並夾在書本裡，美其名為製作標本，其實最後都淪為螞蟻的大餐。對於那樣年幼無知的舉動，經過多年以後，經常於午夜夢迴時嚇出一身冷汗，那樣群起飛舞的蝴蝶倩影已不復見於現實生活中，我為自己當時的殘忍，至今還留著幾分的自責呢！

親近大自然的好處很多，是大家都不曾否認的，其中可以降低青少年的犯罪率，相信大家也都會舉雙手贊同。在美國舊

金山海灣就有一個面積很廣的濕地保留區，這個野生動物保護區是由愛德華滋排除萬難推動計畫的，他原任職於美國聯邦調查局，追查過不少歹徒，他認為要防止犯罪最好的方法，不是在於抓更多的壞人，而是要保留一大片土地，提供給青少年從事野外活動。想一想，台灣的青少年是不是太缺乏野外活動的場地與機會了呢？放眼時下年輕人假日的休閒活動，有很大一部分是在電玩遊戲中度過，也許真是我們沒有為青少年提供一個野外探索的世界。「他山之石，可以攻錯」，是不是為了我們的下一代，應該要停止再破壞台灣的生態環境了？是不是要保留幾片生態保護區，讓我們的青少年的犯罪率降低？值得生於斯長於斯的普世大眾深思！

　　或許因為我有幸生長於鄉下，年少時有很多觀察植物、動物、昆蟲的機會，那樣的環境對我的人格發展，也許真的起著某種程度潛移默化的作用。雖然當時的觀察會讓我因無知而傷害牠們及產生疑惑，但的確也讓我從牠們身上得到了一些啟發，但無論在我心中留下什麼樣的情愫，都影響著我對生物的好奇，在懂事之後能對大自然懷著敬畏之情，對於牠們的生態除了會主動觀察了解並學習尊重之外，也頗能體會作者在書中所強調「萬物平等」的道理，以及唯有「愛」才能與自然共存的真諦。以下是我從懵懂無知到心智漸開對於生物自然的觀察與閱讀的一點淺見。

隱身欺敵

　　小時候我家院子裡種著許多果樹，有芭樂、柚子，還有水梨。夏天的時候，蟬鳴樹梢，震天價響，越是炎熱越是聽到蟬兒盤據枝梢快樂歌唱的聲音，因為蟬的顏色與水梨樹皮的顏色都是灰黑白夾雜的斑紋，我在樹下想要找尋蟬的蹤跡，雖然可以靠牠們肆無忌憚嘶叫的聲音，但若不仔細觀察的話，也是很難發現牠們的身影。當時並不了解那就是所謂的保護色，直到後來接觸了一些生物的書籍，才知那是大自然的傑作。後來院子裡的果樹一棵棵砍了，那種灰黑白顏色夾雜的蟬就再也沒見過了，原來是我們在不知不覺中破壞了牠們生存的環境，現在才對牠們懷念特別多，但卻為時已晚了呀！

　　蟬的成蟲壽命很短暫，大約只能活二至四週，牠們在此期間最大的任務就是交配繁殖後代。儘管牠們在地下的若蟲期很長（少則一年，多則可長達十七年之久），牠們還是為了繁衍後代的工作努力的活著，熬過漫漫「長夜」。當牠們的若蟲成熟鑽出地面爬上樹幹羽化之後，雄蟬便會發出嘹亮的嗓音，以博得雌蟬的青睞，在盡情歡唱與交配產卵之後，雄蟬與雌蟬便會相繼死亡。那樣不在乎自己生命是否能天長地久，只為完成繁衍生命的奉獻精神，真令人由衷敬佩！

曖曖含光

　　有時到郊外踏青爬山，仔細朝路邊落葉堆一瞧，會發現有枯葉蝶忽然從中飛起。枯葉蝶顧名思義就是樣子長得像枯葉的蝴蝶，當牠休息時會以十分自然的姿勢停棲在枯葉或樹枝上，雙翅併攏的樣子像極了一片枯黃的樹葉，而且翅膀有像葉脈的線條，更絕的是，還有像蟲子咬過的痕跡，真是維妙維肖！原來枯葉蝶也懂得「樹大招風，花開引蝶」的道理，所以學會深藏不露的「守愚」精神。但是當枯葉蝶警覺到危險時，會立即展開翅翼起飛，在倏忽展翅的剎那，會發現牠們的翅膀內側竟有截然不同於外側黯淡的色彩，不僅閃耀著青藍色的金屬光澤，還有一片明亮的橙色帶，斑斕亮麗的色彩令人驚艷。原來鮮豔的顏色是用來恫嚇天敵，使天敵目眩神迷，幫助牠們有利的逃脫敵人的魔掌，再次驚嘆大自然的奧妙。

　　另外，也曾經在木槿花的枝葉上發現搖籃蟲（象鼻蟲），我喜歡把牠們抓來玩，因為牠們會裝死倒在地上，經過一段時間發現危險解除了，牠們才會翻轉身體繼續活動，童稚的心總感到如此反覆作弄是一種樂趣，完全不知這是牠們自保的偽裝術。許多生物為了活命，都會發展出一套自我保衛的方法，對於一些強出頭的人類，這樣的保護色與偽裝術的確值得好好深思並加以學習。連昆蟲都懂得「曖曖內含光」的道理，那麼我們人類呢？

螞蟻雄兵

我對李淳陽先生書上提到的「昆蟲不僅只有本能還有智能」的表現十分贊同。尤其是他在跟黃面蜂及赤面蜂所做的算術測驗，真教人嘆為觀止！我在曾志朗先生所著的《用心動腦話科學》這本書中，看到非洲銀蟻有智慧的機制，再次證明昆蟲不僅只有本能，還有智能的表現。在攝氏六十度高溫的沙漠裡，非洲銀蟻不會在涼爽的早晨或傍晚爬出洞外覓食，因為只要爬出洞口，立刻有「守洞待蟻」的蜥蜴張開飢餓的大嘴伺機等候著，牠們寧願忍受高溫酷熱，在日正當中的時刻才展開覓食的行動，以免除死亡的威脅，可是處在沙地燙腳難耐的惡劣環境，牠們每走一步只能用其中一隻腳輕輕著地，好讓其他五隻腳有風涼的機會，以如此輪番休息並且手舞足蹈的方式行進於高溫的沙地上。牠們為了躲避敵人的侵襲，發展出一套在逆境中求生存的策略，可見牠們多麼有智慧！

另外，還有一個驚人的發現：牠們之所以選擇在正午時分覓食，除了躲避敵人之外，就是因為牠們會利用日光反射於沙漠上的偏振光束來幫助確定方位，所以，牠們即使行走於一望無際且沒有任何標幟記號的沙漠之中，也能像「老馬識途」一樣，不會迷路，安然返回蟻窩，真是不簡單！可見螞蟻的腦袋雖小，但也能完成複雜的數學計算工作，又是一個令人嘆為觀止的「昆蟲不僅只有本能還有智能」的例子。

結婚禮餅

在李淳陽先生的《昆蟲記》一書裡，讓我印象十分深刻的，還有「野地蠅的結婚禮餅」這一部份，從紙上電影的說明讓人看了覺得實在有意思。雄蠅先是跳舞，扭動身體，鼓動翅膀，雌蠅發現雄蠅的求愛動作後，便喜悅的接近，沒想到此時雄蠅開始從口中吐出白色物質，製作「結婚禮餅」，等到雌蠅靠近禮餅正在享用時，雄蠅即跳到雌蠅背上達成求愛的目的。類似的求愛方式在螽斯這類昆蟲身上也可以發現。我在《拜動物為師》這本書中，看到螽斯為了求偶，雄蟲除了大唱情歌之外，在交配時也會為雌蟲提供一頓結婚大餐。就是當牠們交配即將結束時，雄蟲會收縮腹肌，釋出一個精包植入雌蟲尾部的生殖腔，之後雄蟲還會釋出一個營養豐富的蛋白質囊，黏附在先前釋出的精包上。

當交配結束，兩蟲分開之後，雌蟲會把蛋白質囊啣起，花數小時慢慢享用這頓滋補的豐盛大餐。而雄蟲為了交配必須釋出一個蛋白質囊，大約要喪失牠們四成的體重，所以螽斯為了求偶要付出的代價似乎也挺高的。螽斯與野地蠅的求愛方式都讓人覺得昆蟲為了愛表現出君子風度，真是用心良苦！如此得來不易的愛，是不是更應該好好珍惜呢？

蠶絲如佳作

小時候大家都有養蠶的經驗，剛孵出的蠶寶寶，大小類似螞蟻，幼蠶不分晝夜拼命猛吃桑葉，讓餵養者為了提供桑葉，

頗有疲於奔命之感。牠們平均吃四天睡兩天，然後蛻皮一次，如此反覆四次，大約經過二十四天之後，長成熟蠶開始吐絲。桑葉經過蠶的消化之後，會分解出一種含有蛋白質與膠質的絲液，當絲液從口器吐出時，跟空氣接觸之後，就會凝固成為蠶絲，牠們不斷抬頭吐絲把自己包裹起來，直到「作繭自縛」才停止吐絲的工作，而成熟的蠶在繭中化為蛹等待羽化，迎接再一次的生命循環。

蠶寶寶努力吃桑葉然後吐出質地極佳的蠶絲，好比學者或作家努力大量研讀資料吸收知識，然後經過消化整理之後再寫出見解獨到的學說與文字，所以我們看到春蠶猛吃桑葉後吐出精美蠶絲的過程，知道要拜蠶為師，時時提醒自己不斷地大量閱讀，才能有更多精闢的見解與想法產生，也才能夠提昇精神生活的品質。像是本縣所舉辦的一書一桃園的活動一樣，目的就是在於鼓勵縣民們多多閱讀好書，而閱讀心得徵文比賽的作者，就像是吃了許多桑葉的蠶一樣，必須將自己的所見所聞所感化作如蠶絲般精美的文字，寫成一篇打動人心的文章。這是我在養蠶的過程中學到最有意義且無價的人生哲理。

結語

經過許多的觀察與閱讀，讓我得到很多的啟示：只要我們發揮敏銳的觀察力與豐富的想像力，將生活週遭的生物善加對待，就會有「萬物靜觀皆自得」的樂趣以及「處處留心皆

学問」的收穫。且能發現要和大自然共存，唯有人類用「愛」來對待萬物，才不至於遭到大自然的反撲。由人類演化史來看，人是無法脫離自然生存的。莎士比亞說：「自然就是我的書。」聖經上也說：「和大地說話，大地就會教導你；和鳥說話，鳥會教導你……。」美國詩人惠特曼在七十歲說過：「現在我明白了，創造完人的秘密，是讓人在自然中長大，與大地一同生活。」因為社會一旦反自然，人性就變了。如果大家不了解自然，不敬畏生命，造成人類賴以生存的動植物消失，最後你我也將消失於這個星球之上！

〈桃園縣「一書一桃園」閱讀心得徵文大專社會組第三名　2006／11／15〉

拜植物為師

　　我們都知道「天不生無用之人，地不長無用之草」。天地之間的許多美景，是經過我們用心體會之後才會發現的。一直很喜歡荒野保護協會發起人徐仁修先生對植物生態的觀察，他在荒地之中用愛去體會觀察，發現萬物皆有大美，許多不起眼的小花小草的景緻，在他敏銳的鏡頭底下，都可成為世界最美麗的一幅圖畫。

　　我被他關懷大地的詩篇及精彩的攝影感動，也喜歡觀察身邊微不足道的花花草草。在許多的植物裡，最讓我感動的是台灣隨處可見的五節芒。秋高氣爽的季節，是人們往郊外踏青爬山的好時節，五節芒花開得滿山遍野，在夕陽餘暉的照映下，真是一幅絕美的圖畫。它們白色的花也是種子，所以當風一吹來，輕巧細密的種子便會從關節處斷掉，然後隨風飄動，像是雪花般四散紛飛，不知何處才是它們落腳生根之處，但是當它們的種子一接觸地面時，針狀且有倒鉤的種子設計，會像螺旋釘一樣轉動鑽到地表裡，就只等待天降雨水，就可以發芽成為一株五節芒了，如此厲害的傳播機制，也難怪台灣野地裡到處是茂盛的五節芒，完全不因為它的種子無足輕重而有滅種之虞，反而到處蔓延，甚至野火燒不盡。

　　另外，耶誕節最受歡迎的應景花卉非「聖誕紅」莫屬了，紅色鮮豔的的部份是美麗花瓣抑或是葉片？常讓許多人產生誤

會,當我了解紅色的部分是葉子而不是花瓣後,真的很驚嘆於自然界的神奇。聖誕紅為了要招引蜂蝶到它小得可憐的花蕊上傳播花粉,而設計出鮮豔誇張的葉片,好讓蝴蝶蜜蜂大老遠就被吸引過來,真是煞費苦心的傑作!因為它的花實在太小了,又費盡思量地在花蕊旁邊設計了蜜杯盛滿花蜜,當蝴蝶蜜蜂好不容易接近,努力吸著蜜杯裡的蜜汁的同時,牠們的腳就會踩在花蕊之上,而達到為它們傳宗接代的目的,想想它們真是設想周到啊!

　　大自然裡有太多豐富的事物可以讓我們去探索了,只要我們擅用觀察力與想像力,生活裡就會時常擁有沈復的「物外之趣」。

那年夏天，相逢在宜蘭

　　大學時代的同學們，在畢業各奔東西後，於2007年的夏天，我們在宜蘭相聚了，三天兩夜的宜蘭深度之旅，不僅知性，更是感性之旅。暌違十七個年頭，有的第一次見面，但大家並不因時空的限制而陌生，見了面仍滔滔不絕地談個沒完，十七年來的點點滴滴，怎是三天兩夜可以道盡？

　　因為同學們大多從事教職，我們選在暑假假期的第一天（七月一日）舉辦旅遊型式的同學會，所以早在一、兩個月前，主辦人就與同學們做了許多的聯繫。從確定參加人數，到安排行程、包下整個民宿旅館，都由一位住在宜蘭的同學籌畫。當他e-mail行程表給大家時，就令人感覺得到這將會是一趟豐富之旅，更會是難忘的同學會，每天都好期待暑假假期的來臨。

　　七月一日的下午三點，大家攜家帶眷從北、中、南部，各自開車經過便捷的雪山隧道到達宜蘭一家民宿旅館。雖然十七個年頭過去了，大家在外觀容貌上成熟穩重了不少，但都沒有太大的改變，感覺又回到了大學時代大伙參加郊遊、聯誼活動的樣子，所不同的是，這一次我們身邊多了另一半及孩子們，整個民宿大廳一時之間，充滿了久違寒暄、歡喜笑鬧、兒童嬉戲之聲，好不熱鬧！

　　民宿主人很貼心的在第一天晚餐為我們安排烤肉活動，讓彼此的感情更加拉近，用餐完畢還有弦樂團的音樂饗宴，大家圍坐在露天的廣場上，耳邊傳來悠揚樂聲、蟲鳴唧唧，晚風伴著稻香徐徐吹來，繼續聊不完的話題，直到夜深人靜。第二天清早，騎著單車放輪自由行，迎著晨曦，陣陣微風輕拂，穿梭於蘭陽平原鄉間小徑，好不愜意！回到民宿時，女主人已為我們準備好豐盛的活力養生早餐，讓我們的體力得到充分的補劑，如此賓至如歸的感覺，是以前參加過的旅遊行程所沒有過的，感謝民宿主人夫婦倆的用心經營，讓同學會更加美好。

　　主辦同學在三天的行程裡，為我們安排了大家最愛的夏日消暑活動──清澈野溪戲水，大人小孩一起在清淺的溪流裡打水仗，真是不亦樂乎！還有，松羅國家步道健行賞景，泡茶品茗，餵羊妹妹、品嚐羊奶製品、泰雅特色風味餐、山產特色餐……，自然、健康又養生的活動，任誰都會對這樣豐富的行程讚不絕口的！

　　三天的宜蘭之旅，除了行程、食宿物超所值之外，同學們也因這樣的聚會而有了更多的體會。一群已屆「不惑之年」的同學，在宜蘭擦撞出更加永恆不渝的友誼，大家的相逢不為名、不為利，只是延續十七年前未完的情誼。期待未來的每年夏天，我們都能在台灣的某一處好山好水，繼續舉辦著與眾不同的同學會。

登峰造極

多年前曾經欣賞過一部「登峰造極」的影片，內容主要是闡釋人體的科學，介紹人體如何竭盡全力，鞭策自己，以細密且具挑戰性的方法，考驗體力的極限。

整部影片以人體的血液、氧氣、細胞、肌肉……等的功能，再加上三項不同運動的表現作為說明，彼此互相穿插串連而成。其中攀岩健將堅忍過人的勇氣，滑雪選手快速精湛的動作，以及芭蕾舞者高雅完美的演出，全是扣人心弦，令人屏住氣息、緊張萬分的鏡頭，讓人嘆為觀止，更發人深省。

一個人藉著身體的活動，發揮體力的極至。相同的，也可以把潛藏已久的其他能力（包括各種技藝、知識……等），透過磨鍊而獲展現。許多傑出有作為的人物，在立定志向時，就抱著「知其不可為而為之」的信念，後來靠著一股傻勁及努力，終於成功了。因為這部影片的觸發，使我心中產生了一種久久不能平息的情緒，這種感覺像極了唐吉軻德「夢幻騎士」裡提到的：

To dream the impossible dream.　（去夢想不可能實現的夢想）

To fight the unbeatable foe.　（去打擊不可能擊敗的敵人）

To bear the unbearable sorrow.　（去忍耐不可能忍耐的悲傷）

To touch the unreachable star.　（去觸摸那遙不可及的星星）

　　當人們的心中有一個理想或願望產生的時候，常為是否能達到目標而猶豫不定，無形中錯失了實踐的寶貴時機。如果能早日立下志願，又有「不達不止」的決心，即使是困難重重的事也能達成，這不就是俗語常說的：「天下無難事，只怕有心人」嗎？

　　人的潛能是相當深厚的。不發掘自己的才能，如何獲得一展能力的機會？待發掘了才能之後，若無日日的磨鍊，又怎能放出眩人眼目的光亮？因此，朝著自我的理想不斷的努力，且持之以恆，人人都可創造「登峰造極」的事蹟。

「孔子」，對不起

　　國中時，一位老師利用自習課考試，特別交代身為學藝的我，下課時將考卷收齊交給他。不料同學們下課心切，一聽到鐘聲便噼哩啪啦交卷，名字沒寫也不管，一溜煙全跑光了。其中一個平時就調皮搗蛋的男同學沒寫名字，我就好心的幫他寫，由於他的名字筆劃實在太多了，我一時急中生智，快速地在他的「孔」姓之後加了一個「子」，想著國文老師有教過啊，很多古人不也都在姓氏的後面加個「子」字，像什麼老子、莊子、孟子、荀子、……的，我就這樣既「安心」又「得意」的把考卷交了出去。

　　後來老師來上課，怎知他一進教室便大發雷霆，質問那位調皮的「孔同學」，他被問得一頭霧水，直說不是自己寫的，他越是丈二金剛摸不著頭緒，老師就越生氣，聲調越來越高，一直逼問：「怎麼不是自己寫的？」「那不然是誰寫的？」此時全班被這火爆的場面全嚇呆了，噤若寒蟬，連呼吸都不敢，更不用說承認了。我坐在椅子上，四肢發抖，滿臉脹紅。心想：平時我在老師的心目中，可說是個品學兼優的好學生呢！萬一我承認了，老師一定對我印象大打折扣。我內心不斷地掙扎著，頭是低得不敢再低，深怕一個抬頭，心虛的眼神就被老師發現。一直到老師喊：「孔××！出來！」接著好幾個響亮的板子聲，一板又一板，聲聲入耳，每打一板我的心就抽痛一

下，至今那餘音好像還在耳際縈繞，而我內心對他的歉疚到現在仍未釋懷。

事過境遷，時光已過二十多年，我們的老師早已退休，而我也當了十多年的老師，我想對這位「孔子」同學以及敬愛的老師說聲：「對不起！」這十多年來我所教的學生，也都是國中階段的年紀，偶爾情緒失控對學生不分青紅皂白發脾氣，我總會想起這段往事……。

〈自由時報花編副刊　2005／01／02〉

「強」「猛」雙雄

　　幾年前帶過一個班級，在新生訓練那天，照例要來個點名，認識一下學生。當照著名單一一的喊著，喊到二十三號「邱強」，我笑得好大聲，還重複了一次，心想怎會有人取這麼「ㄅㄧㄤˋ」的名字。活潑的邱強在答了「有」之後，回答一句：「後面還有更猛的呢！」果真喊到三十三號「潘猛」，全班早已笑翻天了。

　　「邱強」是正港的「台灣之子」，苗栗與屏東的混血兒，父母皆為客家人。「潘猛」則屬台海兩岸的結晶，祖父是花蓮人，十七歲因戰爭征派到大陸打仗，父親與江蘇姑娘結了婚。他們一家正好是九二一大地震那天移民來台定居的，所以對那一夜驚恐萬分的情況印象深刻。兩人生長背景不同，父母卻有著相同的想法，為他們取個既「強」又「猛」的名字，果真人如其名。

　　「強」、「猛」在班上可說「一文一武」，堪稱「雙雄」。「強」喜運動，舉凡球類、田徑樣樣精通，當了五任的體育股長，一點兒都不以為苦。他的偶像是麥可・喬丹，最大的願望是成為運動明星，所以他不斷的磨鍊自己，朝此目標邁進。「猛」則好文靜，能寫一手好文章，最愛偵探小說，曾經嘗試寫小說，挺有大文豪的架勢。在體育場上他也不落人後，可是個跳高好手喔！

　　能夠成為「強」、「猛」的導師，其實是很幸運的。古人說：「得天下之英才而教育之，一樂也！」兩個學生各有所長之外，學業成績都名列前茅，身為夫子，有這樣的學生與我結緣，其樂無比！

學生上進我高興

　　建弘是在我所教過的學生中，很特殊的一個，雖然學業成績只有中等程度，但他對許多事情永遠心存鬥志，向不可能挑戰。

　　他喜歡唱歌，最大的願望是當歌手，期望有一天能像他的偶像周杰倫、潘瑋柏一樣，站在舞台上，享受尖叫聲圍繞，被歌迷喊著名字的感覺。在課堂上偶爾show他的歌喉，等到卡拉ok比賽時，毛遂自薦去參加，仔細一聽歌聲，不僅平板無奇，還有些五音不全，但他卻不以為意，愈唱愈賣力，簡直陶醉在其中，稱得上勇氣可嘉，同時又展現充分的自信，終於贏得評審青睞，獲得第二名的殊榮。

　　為了讓自己更有成就感，他總是不斷自願參加這個比賽那個比賽。不久前的閩南語演講比賽，在班上其他同學都毫無意願參加的狀況下，他自告奮勇參加，本著向來的那股傻勁與勇氣，加上比賽前的不斷演練，終於一舉拿下全年級的冠軍。

　　他的優秀表現還不只這些，如果有投稿的機會，他一定努力嘗試，不論是詩、散文或漫畫，總會在完成之後，請我為他修改指導一番，最近還有一篇作品刊登在「幼獅少年」。對於他這樣的凡事認真，我總是在旁不斷的鼓勵與協助，而他對我更是無話不談，若有什麼心情或想法，會在連絡簿裡與我分享，我必定給予適度的建議。有時我還扮演著他與父母之間的

橋樑，告訴家長孩子很不錯，不要老是看學業成績來評斷他的好壞。

　　很高興我有一個力求上進的學生，相信以他這股傻勁，加上勤能補拙的努力，未來一定有一番不錯的表現，我對他充滿信心。因為「成功的人，往往是傻傻做事的人」。

〈人間福報福報家庭版　2004／07／26〉

老師的天才兒子

唸高三時，利用一個天氣晴朗的假日，全班相約到導師家包水餃。我因事遲到，沒有趕上老師計畫中的「採相思豆」之行，等我到達老師家時，迎接我的是老師三個還在唸小學的孩子。

進門之後，我發現老師及同學都還沒回來，便想轉身離去，打算先到附近逛逛。在我準備開門時，被老師唸小三的兒子攔了下來。他說：「不可以走！萬一你走了之後，沒回來怎麼辦？」我回答：「不會啦！我一定會回來。」但是，他絲毫不相信我的話。於是，他抓了抓腦袋便心生一計，開始手忙腳亂的搬桌椅，在我丈二金剛還摸不著頭腦的時候，他已經把大門上鎖並且堵了起來，看著疊得高高的傢俱，我只好乖乖的待在老師家枯坐苦等。

等了好一會兒，門鈴響了，我和老師的兒子七手八腳的把桌子、椅子快速回覆原狀，但是苦候門外的老師，早已等得不耐煩的猛按門鈴。最後，費了九牛二虎之力，終於清除掉所有的障礙物。門一開，只見老師一臉不悅的眼神，當時的我真是覺得好無辜喔！我想老師一定懷疑我和她的三個孩子在家裡變什麼把戲吧！

浪女回頭金不換

　　阿玲是幾年前遇到的一個學生，是個從未見過父親的單親孩子。如果她沒有輟學，現在該是唸大二的學生。但就在她讀國二下學期即將結束的前一個月，突然蹺家蹺課，因此蹉跎了大好前程。

　　阿玲其實十分乖巧柔順，但卻常沉默不語，以致於讓我無法及早發現異樣而提前預防，為此我耿耿於懷了好久。在四處打聽尋找之下，經過一個暑假，開學後她終於回到學校，但一個星期後她再度失蹤，最後輾轉得知她到南部去做了墮胎手術。原來，過去的幾個月，她不知偷嚐了多少禁果，也不知與多少人發生了關係。

　　幾個月前，意外接到同事的電話，告知阿玲是她在補校的學生，今年剛完成國中課程。同事也是在與阿玲聊天時，才發現她是我從前的學生，所以特別打電話告訴我。得知自己的學生，能「浪女回頭」，我十分欣慰，好像當初的愧疚也可減少一點。

　　暑假時，這些已上大二的學生邀請我參加同學會，我猶豫許久才聯絡阿玲，原以為阿玲會以多年未與同學接觸而拒絕，沒想到她聽到我的聲音，感動不已，當下立即答應參加。我想一個從小失去許多關愛的孩子，更需要同儕的溫暖滋潤，沒想到自己小小關心的一通電話，竟為阿玲開啟了一扇失而復得的友誼之窗。

「強摘的蓓蕾」勢必要付出慘痛的代價，就像阿玲一樣，等再回首時，多少青春歲月已逝？不過，阿玲能夠在繞了一大圈「歹路」之後，走回正途，還是非常值得安慰。祝福她有美好的未來！

〈聯合報家庭婦女版　2004／09／15〉

爹不疼娘不愛的孩子

　　小亞是個擁有原住民血統的女孩，黃中帶黑的皮膚雖是健康的表徵，但卻為小亞帶來莫名的排擠，同學們為她取了個極傷自尊的綽號──「劇毒」。

　　身為導師的我，曾經多次與同學說明「良言一句三冬暖，惡語傷人六月寒」的道理，但在大多數青少年仍懵懵懂無知以及害怕在同儕間與眾不同的心態作祟下，總是無法讓大家在短時間裡將心比心，給小亞一些善意的友情。有時表面上可以井水不犯河水，但是小亞還是處在沒有友誼的獨行俠狀態。平常，小亞可能已經習慣了同學對她的冷漠無情，自己倒是活出一方天地，對於同學的惡言相向一笑置之。

　　她將精神寄託在美術工藝作品的展現之上，只要學校有此方面的競賽，她總是積極參與並努力以赴，而且時獲好評得到肯定。這樣的移情於藝術作品之上，倒是補足了不少她在友情方面的失落感。我看到了她在的獲得鼓勵之後，眉宇之間散發出來自信的光芒，我知道她會是一個懂事的孩子，會繼續在她的理想上努力邁進。

　　小亞其實有一個破碎的家庭背景。父母親在她小學一年級時便離異，年紀小的她不知道媽媽為什麼要離開，只能隨著父親與一個阿姨離開她熟悉的城市到了鄉下，想念媽媽時只能暗自垂淚，拿起電話撥號，傳來的是：「您撥的號碼是空號，請

查明後再撥。」她好希望那個取代媽媽地位的阿姨能夠離開爸爸，她便用偷竊阿姨錢包的方法，想逼走阿姨，但畢竟她太天真了，一而再、再而三，爸爸用嚴厲的方式處罰她，對她從此懷著不信任。

小亞上國中後，父親竟然用女兒「手腳不乾淨」，要我多注意女兒的言行，當時，我真是難以置信一個父親竟會這樣對待親生的孩子。經過了兩年多的相處，我發現小亞並不是一無是處，也沒有手腳不乾淨，難得的是還時常得到各種比賽的優勝。希望這個沒有爹娘疼愛的孩子，能夠用自信走出一片天。

國家圖書館出版品預行編目

編織人間情 / 楊秀嬌著. -- 一版. -- 臺北市
：秀威資訊科技, 2010.02
面； 公分. -- (語言文學類 ; PG0339)
BOD版
ISBN 978-986-221-400-8 (平裝)

855   99001067

語言文學類　PG0339

編織人間情

作　　　　者 / 楊秀嬌
發　行　　人 / 宋政坤
執 行 編 輯 / 林世玲
圖 文 排 版 / 郭雅雯
封 面 設 計 / 蕭玉蘋
數 位 轉 譯 / 徐真玉　沈裕閔
圖 書 銷 售 / 林怡君
法 律 顧 問 / 毛國樑　律師
出 版 印 製 / 秀威資訊科技股份有限公司
　　　　　　台北市內湖區瑞光路583巷25號1樓
　　　　　　電話：02-2657-9211　傳真：02-2657-9106
　　　　　　E-mail：service@showwe.com.tw
經　銷　　商 / 紅螞蟻圖書有限公司
　　　　　　台北市內湖區舊宗路二段121巷28、32號4樓
　　　　　　電話：02-2795-3656　傳真：02-2795-4100
　　　　　　http://www.e-redant.com

2010 年 2 月　BOD 一版
2010 年 8 月　BOD 三版
定價：180 元

・請尊重著作權・
Copyright©2010 by Showwe Information Co.,Ltd.

讀 者 回 函 卡

感謝您購買本書，為提升服務品質，煩請填寫以下問卷，收到您的寶貴意見後，我們會仔細收藏記錄並回贈紀念品，謝謝！

1.您購買的書名：＿＿＿＿＿＿＿＿＿＿＿＿＿＿＿＿＿＿＿

2.您從何得知本書的消息？

　　□網路書店　□部落格　□資料庫搜尋　□書訊　□電子報　□書店

　　□平面媒體　□ 朋友推薦　□網站推薦 □其他＿＿＿＿＿＿

3.您對本書的評價：(請填代號　1.非常滿意 2.滿意 3.尚可 4.再改進)

　　封面設計＿＿＿　版面編排＿＿＿　內容＿＿＿　文/譯筆＿＿＿　價格＿＿＿

4.讀完書後您覺得：

　　□很有收獲　□有收獲　□收獲不多　□沒收獲

5.您會推薦本書給朋友嗎？

　　□會　□不會，為什麼？＿＿＿＿＿＿＿＿＿＿＿＿＿＿＿＿＿

6.其他寶貴的意見：＿＿＿＿＿＿＿＿＿＿＿＿＿＿＿＿＿＿＿

＿＿＿＿＿＿＿＿＿＿＿＿＿＿＿＿＿＿＿＿＿＿＿＿＿＿＿＿

＿＿＿＿＿＿＿＿＿＿＿＿＿＿＿＿＿＿＿＿＿＿＿＿＿＿＿＿

＿＿＿＿＿＿＿＿＿＿＿＿＿＿＿＿＿＿＿＿＿＿＿＿＿＿＿＿

讀者基本資料

姓名：＿＿＿＿＿＿＿＿＿＿＿　年齡：＿＿＿＿　性別：□女 □男

聯絡電話：＿＿＿＿＿＿＿＿＿ E-mail：＿＿＿＿＿＿＿＿＿＿

地址：＿＿＿＿＿＿＿＿＿＿＿＿＿＿＿＿＿＿＿＿＿＿＿＿＿＿

學歷：□高中(含)以下　　□高中　　□專科學校　　□大學

　　　□研究所(含)以上 □其他＿＿＿＿＿＿＿＿

職業：□製造業 □金融業 □資訊業 □軍警 □傳播業 □自由業

　　　□服務業 □公務員 □教職　□學生 □其他＿＿＿＿＿

請貼
郵票

To：114

台北市內湖區瑞光路 583 巷 25 號 1 樓

秀威資訊科技股份有限公司　　　收

寄件人姓名：

寄件人地址：□□□

(請沿線對摺寄回,謝謝!)

秀威與 BOD

BOD（Books On Demand）是數位出版的大趨勢，秀威資訊率先運用 POD 數位印刷設備來生產書籍，並提供作者全程數位出版服務，致使書籍產銷零庫存，知識傳承不絕版，目前已開闢以下書系：

一、BOD 學術著作—專業論述的閱讀延伸
二、BOD 個人著作—分享生命的心路歷程
三、BOD 旅遊著作—個人深度旅遊文學創作
四、BOD 大陸學者—大陸專業學者學術出版
五、POD 獨家經銷—數位產製的代發行書籍

BOD 秀威網路書店：www.showwe.com.tw
政府出版品網路書店：www.govbooks.com.tw

　　永不絕版的故事・自己寫・永不休止的音符・自己唱